KB078045

FUSION FANTASTIC STORY

박선우 장편소설

스크린의 별 2

박선우 장편소설

초판 1쇄 찍은 날 § 2017년 9월 11일
초판 1쇄 펴낸 날 § 2017년 9월 18일

지은이 § 박선우
펴낸이 § 서경석

총괄팀장 § 최하나
편집책임 § 이지연

펴낸곳 § 도서출판 청어람
등록번호 § 제387-1999-000006호
등록일자 § 1999. 5. 31
어람번호 § 제1-2762호

주소 § 경기도 부천시 부일로 483번길 40 서경B/D 3F (우) 14640
전화 § 032-656-4452 팩스 § 032-656-4453
http://www.chungeoram.com
E-mail § chungeorambook@daum.net

ISBN 979-11-04-91449-2 04810
ISBN 979-11-04-91447-8 (세트)

스크린의 별

FUSION FANTASTIC STORY

박선우 장편소설

2

도서출판 청어람

스크린의 별

CONTENTS

제11장
아름다운 시작 I

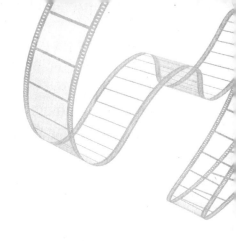

극단 비상의 사장인 한국영은 깊은 한숨을 내리쉬었다.

오랜 기간 인기리에 공연되던 '아가씨의 사랑'이 급격하게 관객 수가 떨어지면서 종연된 후로 기획한 연극마다 참패를 맛봤다.

그나마 이익을 남긴 것은 '인생역전'뿐이었다. 그것도 강우진이 대타로 노래 부른 것을 몇몇 관람객이 의심하기 시작하면서 내리막길을 걸었기 때문에 생각보다 일찍 종연할 수밖에 없었다.

2년 동안 4개의 연극을 무대에 올렸으나 관객들의 발걸음을 끌어들이지 못했다.

배우들의 문제가 아니었다.

대박을 꿈꾸며 영화에 진출해 있던 스타급 연기자들을 기용했음에도 상황이 나아질 기미를 보이지 않았던 것은 근본적으로 시나리오에 문제가 있었기 때문이다.

연극판에서 시나리오는 생명과 같은 것이었다.

극단 비상이 이렇게 나락에 빠지게 된 것은 줄곧 작업을 같이했던 유종석이 다른 극단으로 스카웃되어 빠져나가면서 발생한 문제였다.

나중에 들은 이야기지만 국내 탑을 달리는 극단 '마음'에서 대본 1편당 3천만 원에 런닝 개런티까지 제시하며 전속 계약을 맺었다고 한다.

유종석이 빠져나간 것은 어쩌면 당연한 일이었다.

비상에서는 그에게 '마음'에서 준 금액의 절반 수준을 지급했고 런닝 개런티는 아예 주지 않았다.

유종석은 무려 7년이 넘도록 시나리오 작업을 하면서 비상에 10개의 작품을 줬고 4개의 히트작을 내놓았다.

인기리에 장기 공연 해왔던 '아가씨의 사랑'은 그의 대표작이었다.

그럼에도 그는 언제나 생활고에 허덕이며 힘들어했는데 한국영은 그것을 당연한 일이라고 생각했다.

연극판은 배고픔의 연속이란 구태의연한 생각이 그렇게 만들었다.

그나마 유종석은 비상과 다른 극단에까지 대본을 팔아 가족들을 건사할 수 있었지만 연극판을 전전하는 작가들은 딱 배고파 죽지 않을 만큼만 번다.

국내 최대의 극단 '마음'이 유종석을 전속 계약으로 묶어둔 것은 지금까지의 판을 깨고 히트 작가를 독점해서 연극판을 휩쓸겠다는 전략이 있었기 때문이다.

재정이 풍족하기에 할 수 있는 일이었다. '마음'은 지금까지 연극계에서 히트작을 생산하던 3명의 작가와 전속 계약을 맺었는데 하나같이 쟁쟁한 놈들이었다.

계속되는 손실이 쌓이면서 극단의 운영에도 차질이 발생하기 시작했다.

스타급 연기자를 무리해서 썼기 때문에 적자는 눈덩이처럼 불어났고 극장 월세마저 겨우 내는 처지에 빠지고 말았다.

그러다 보니 연기자들의 월급이 2달이나 밀렸다.

배우들은 월급이 밀리자 참지 못했다.

비상이 보유한 배우들은 연극계에서는 경력과 연기력 면에서 경쟁력이 있었기 때문에 두 달 사이에 13명이나 다른 극단으로 자리를 옮겼다.

말리지 못했다.

처자식이 있어 먹고살아야 한다는데 월급조차 제대로 주지 못하면서 잡는 것은 얼굴에 철판을 깔아도 못 할 짓이었다.

의리를 찾는 것은 옛날 말이다.

연극계에서 하루 벌어 먹고사는 무명 배우들에게 의리를 찾는 것은 거지들에게 동냥 얻는 그릇을 내놓으라는 것과 마찬가지다.

그나마 다행인 것은 며칠 전 불쑥 찾아온 신인 작가의 대본이 눈에 확 뜨일 만큼 괜찮았다는 것이다.

공연 대본을 찾지 못해 끙끙대던 그에게는 하늘에서 뚝 떨어진 행운이나 다름없었다.

문제는 대본에 나오는 연기자의 숫자가 7명이나 된다는 것인데 비상에는 13명이 빠져나갔기 때문에 남아 있는 배우들의 숫자는 10명에 불과했다.

4명이 부족하다.

하루 두 번의 공연을 하기 위해서는 14명의 배우들이 필요했지만 최근 들어 극단에 가입하겠다고 찾아오는 지망생들이 씨가 말랐다.

비상이 위기에 처해 있다는 소식이 빠르게 연극계 사이에서 퍼졌기 때문이다.

정말 인간의 마음은 간사하기 짝이 없다.

불과 3년 전까지만 해도 극단을 찾아오는 놈들이 많았는데 비상이 어렵다는 소문이 퍼지자 최근 들어와서는 아예 발길이 뚝 끊겼다.

한국영과 부단장인 손석환은 30분 전부터 사무실에 모여 앉아 줄담배를 피우면서 고민에 빠져 있었다.

배우도 부족하고 스태프들도 겨우 4명이 남아 있을 뿐이었다.

더군다나 비상은 현재 8명의 배우가 투입되고 있는 '비운의 황태자'를 공연하고 있었기 때문에 새로운 연극을 시작하기 위해서는 산더미처럼 많은 난관이 남아 있었다.

"어쩌지?"

"이대로라면 '달려라 로맨스'는 공연이 어렵습니다. 대본을 고친다면 모를까, 배우가 없는데 어떻게 공연을 합니까?"

"미치겠구만."

손석환의 대답을 들은 한국영이 또다시 담배를 신경질적으로 꺼내 들었다.

답답한 상황.

하지만 뾰족한 방법이 없으니 난감할 뿐이다.

그럼에도 한국영은 포기하지 않았다. 그는 연극판에서 20년을 굴러먹은 베테랑이었고 뼛속까지 연극인이었다.

"이렇게 하자. 자네와 내가 아버지 역을 맡는 걸로 하면 둘은 해결돼."

"무대에서 내려온 지 벌써 7년도 넘었는데 올라가잔 말입니까. 전 연기력이 부족해서 일 년도 버티지 못하고 그만뒀다고요!"

"대사가 많지 않으니까 괜찮을 거야."

"어이구, 환장할 소리네요. 좋습니다. 그건 그렇다 치고 나머지는요?"

"우진이를 올리자. 현탁이도 올리고. 그놈들 3년이나 됐잖아."

"걔들은 연기 경험이 전혀 없는데 괜찮겠습니까. 단역도 아니고 비중이 제법 있는데요?"

"우진이 외모 봐라. 그 정도 얼굴이면 연극계에서는 최고 수준이야. 연극 공부를 전혀 안 한 놈이라 처음에는 스태프로만 쓸 생각이었지만 3년이나 버텼잖아. 그놈 극단에 들어온 후 연기 공부도 열심히 해왔다는구먼. 그래서 난 우진이를 조만간 데뷔시킬 생각이었다. 그놈 얼굴이면 조금 연기력이 떨어져도 충분히 어필이 가능할 거야."

"우진이는 그렇다 쳐도 현탁이는 금방 제대했잖아요?"

"그럼 어떻게 해. 이빨이 없는데 잇몸이라도 써야지!"

*   *   *

강우진은 깊은 한숨을 내리쉬었다.

200석에 달하는 객석을 채운 관중은 겨우 30여 명에 불과했다.

무대의 뒤에서 조명을 담당하던 강우진은 연극이 끝나자 빠져나가는 관중들의 반응을 보면서 또 한 번 고개를 흔들었다.

똑같은 반응들.

'비운의 황태자'가 공연된 이후 지금까지 관중들은 박수조차 치지 않고 불만에 가득한 표정으로 빠져나갔는데 괜히 봤다는 소리가 그의 귀에까지 들릴 정도였다.

하긴 그가 봐도 '비운의 황태자'는 줄거리가 일관되지 못했고 대화의 질도 현저히 떨어졌다.

장기 공연 되었던 '아가씨의 사랑'은 무대 전반에 흥분과 설렘, 사랑과 감동이 담겨 있었고 톡톡 뛰는 대사들로 관중들을 웃기고 울리며 수많은 박수갈채를 받았지만 '비운의 황태자'는 그에 비해 모든 것이 부족했다.

서현탁이 다가온 것은 강우진이 장비를 챙기면서 마무리를 하고 있을 때였다.

강우진이 조명을 담당한 반면 서현탁은 음향을 담당했는데 일하는 동안은 서로 얼굴 볼 일이 없었다.

"우진아, 일도 끝났는데 술이나 한잔 빨자."

"너 그러다 술꾼 된다. 작작 마셔."

"오늘 고생했잖아. 우리 좋은 데 가서 한잔하자. 저번 주에도 안 마셨잖아."

"공부하러 가야 돼."

"이 새끼야, 넌 지겹지도 않냐? 언제 올라갈지도 모르는데 무슨 공부를 미친놈처럼 매일 해. 그러다 대가리에 쥐 나!"

서현탁이 소리를 빽 질렀다.

하지만 강우진은 그런 서현탁을 보면서 빙그레 웃었을 뿐이다.

말은 저렇게 하고 있지만 놈은 제대를 한 후부터는 미친놈처럼 연기 공부에 몰입하고 있었는데 특히 사람을 편안하게 만드는 대사 능력과 유머 감각은 타고난 것 같았다.

굼벵이도 구르는 재주가 있다더니 꼭 그 짝이다.

유선영이 그들을 부른 것은 강우진이 모든 장비를 점검한 후 무대에서 내려올 때였다.

그녀는 27살인데 연기 경력이 5년이나 되었고 현재 '비운의 황태자'의 연인 역할을 맡고 있었다.

"너희들, 단장님이 찾아."

"왜요?"

"긴급회의를 한대. 빨리 와!"

유선영은 말만 전하고 총총걸음으로 극장 문을 빠져나갔기에 강우진과 서현탁은 의아함을 숨기지 못했다.

"뭐지?"

"혹시 극장 문 닫는 거 아냐. 요새 무척 어렵다고 하더니. 월급이 2달이나 밀렸잖아?"

"하여간 그놈의 주둥이. 인마, 재수 없는 소리 하지 마."

"그게 아니면 갑자기 무슨 긴급회의야."

"가보면 알겠지."

강우진이 말을 하면서 먼저 사무실 쪽을 향해 걸어갔다.

하지만 먼저 앞서 나간 건 서현탁이었다. 놈은 급한 성격을 숨기지 못하고 뛰어갔기 때문에 강우진도 덩달아 뛸 수밖에 없었다.

사무실에 도착하자 단장인 한국영은 물론이고 어느새 옷을 갈아입은 배우들이 모두 모여 있었다.

한국영은 늦은 것을 탓하지 않았는데 무대 정리를 마지막으로 하는 것이 그들이라는 걸 잘 알기 때문이었다.

"모두 모였으니까 지금부터 회의를 시작하겠다. 먼저 단장으로서 극단 운영을 제대로 못 한 것부터 사과를 해야겠다. 진심으로 미안하게 생각한다."

가운데 앉아 있던 한국영이 말을 마치면서 고개를 숙이자 장내가 순식간에 침묵 속으로 빠져들었다.

무거운 분위기.

사무실에 앉아 있는 사람들 중 극단이 어려워졌다는 걸 모르는 사람은 하나도 없다.

하지만 지금까지 아무 말도 하지 못하고 있었던 것은 불평을 한다고 해서 달라질 게 하나도 없다는 걸 너무나 잘 알기 때문이었다.

더군다나 월급조차 주지 못하면서 지금까지 아무런 말도 없다가 단장이 갑자기 미안하다며 정중하게 사과를 하자 분위기는 더없이 무거워졌다.

"오늘 모두 모이게 한 것은 새로운 작품을 시작한다는 것을 알려주기 위함이야. 우린 '비운의 황태자'를 내리고 세 달 후부터 새로운 작품을 공연한다."

"새로운 작품이라뇨?"

배우들을 대표해서 정환석이 물었다.

그는 여기 모인 배우들 중 가장 나이가 많았는데 '비운의 황태자' 주인공 역할을 맡고 있는 사람이었다.

"아주 괜찮은 대본이 들어왔다. 그래서 그런 결정을 한 거니까 이해해 주기 바란다."

한국영의 얼굴이 찡그려졌다.

정환석은 물론이고 배우들이 의문을 품은 것에 대해 설명하기가 곤란했기 때문이다.

보통 연극은 아무리 못 잡아도 최소 6개월 이상 공연하는 것이 기본이었다.

아무리 망한 연극이라도 쉽게 접지 못하는 건 준비하는 기간이 워낙 길기 때문이다.

더군다나 세 달 후에 새로운 작품을 공연한다는 건 그들보고 죽으란 말과 같은 이야기였다.

극단의 운영을 위해서 '비운의 황태자'는 계속 공연해야 할 테니 배우들은 남은 시간 동안 연습해야 된단 말인데 그렇게 되면 사생활을 모두 반납해야 된다.

당연히 불만이 생길 수밖에 없다.

하지만 배우들은 이어진 한국영의 말을 들은 후 전부 신음을 삼켜야 했다.

"불만이 있다는 것도 안다. 하지만 어쩔 수 없어. 나는 '달려라 로맨스'가 망하면 극단을 해산할 생각이다. 그러니 극단을 위해서도 너희들 스스로를 위해서도 최선을 다해주기 바란다. 그럼 지금부터 대본을 나눠주겠다. 배역은……"

*   *   *

연극의 시나리오는 영화나 드라마와 확연히 다르다.

영화나 드라마는 상황의 진행 과정을 수많은 장소와 장면 전환, 엑스트라 등으로 해결할 수 있지만 연극은 오로지 대사와 감정으로 모든 것을 처리해야 되는 특성이 있기 때문이다.

연극판을 오래 뒹굴며 영화 쪽으로 진출한 사람들이 연기력 면에서 좋은 평판을 받는 것은 그런 특성이 몸에 배어 있기 때문에 가능한 일이었다.

강우진은 갑자기 찾아온 기회에 정신을 못 차렸지만 점차 자신이 맡은 배역 속에 빠져들어 하루하루를 보냈다.

밤에는 공연을 했고 낮에는 배우들과 모여 리딩 연습과 대본 수정을 했는데 그것과 별도로 밤을 새가며 자신이 맡은 역할을 미친 듯이 연습했다.

그도 최선을 다했지만 다른 배우들도 필사의 각오로 달라붙었다.

그동안 해왔던 것과 분위기가 달랐고 자세가 달랐다.

극단을 해체하겠다는 단장의 폭탄선언은 그들에게 여유와 불만 대신 최선을 다해야 된다는 각오를 심어주기에 충분했다.

*　　　　*　　　　*

'달려라 로맨스'의 줄거리는 가진 것 하나 없는 남자와 고위 공무원의 딸이 펼쳐 나가는 달달한 로맨스였다.

서로 사랑하던 두 사람이 펼쳐내는 상큼하면서 아름다웠던 사랑은 여자의 아버지가 필사적으로 반대하면서 벽에 부딪치게 된다.

그때 재벌집 막내아들이 나타나 여자에게 접근한다.

완전히 싸가지에 밥 말아 먹은 것처럼 무례하고 제멋대로인 재벌집 막내아들은 무차별적인 애정 공세를 펼쳐 여자를 혼란스럽게 만든다.

하지만 두 주인공은 모든 역경을 이겨내고 끝내 결혼에 골인한다는 게 '달려라 로맨스'의 주 내용이었다.

어떻게 보면 식상한 내용이었으나 그 과정에서 펼쳐지는 톡톡 튀는 대사와 연극 전반에 펼쳐지는 코믹, 그리고 가슴 절절한 사랑 이야기는 흥미로웠고 기대를 갖기에 충분했다.

여기서 강우진이 맡은 배역은 재벌집 막내아들 역이었다.

서현탁은 주인공의 친구 역할을 맡았는데 주인공이 달달한 사랑을 펼칠 때는 물론이고 역경에 처했을 때도 수시로 나와 코믹스럽게 연극을 이끌어 나가는 배역이었다.

강우진은 연습을 하는 동안 재벌집 아들이 나오는 드라마나 영화를 싸그리 끌어모아 반복해서 돌려봤다.

다른 배역이라면 직접 몸으로 부딪쳐 배웠겠지만 재벌집 막내아들이란 콘셉트는 절대 현실화할 수 없기에 화면으로 익히는 수밖에 없었다.

연극은 대본이 완성되면 배우들이 모여 대본 리딩을 먼저 해보고 어색한 대화나 상황을 수정하는 작업을 한다.

물론 그때는 작가도 작업을 함께하는데 더 나은 내용들을 배우들이 제안하면 작가가 대본을 고쳐 나가는 방식이었다.

대본이 모두 완성되면 본격적인 연습에 돌입한다.

연극은 오리지널 생방송보다 더 치열해서 조금의 실수만 있어도 치명적인 타격을 입기 때문에 수많은 반복 훈련이 필요하다.

강우진이 출연하는 1부의 배우들은 남자 주인공 정환석을 비롯해서 여자 주인공 정인화, 재벌집 막내아들 강우진, 여자 주인공 아버지 한국영, 남자 주인공의 친구 커플 서현탁과 문정혜, 재벌집 막내아들의 비서 윤필용까지 모두 7명이었다.

강우진으로서는 첫 배역에 너무 커다란 역할을 맡았는데 단장인 한국영은 재벌집 막내아들로 그가 적임자라며 처음부터 찍었기 때문에 배우들은 찍소리도 못 했다.

연극의 전반부는 주로 남녀 주인공과 서현탁 커플이 등장했고 단장인 한국영이 주도했지만 후반부에 갈수록 강우진의 역할이 상당량을 차지했다.

*　　　　*　　　　*

"비켜요!"

"그러지 말고 데이트 한번 하자고, 뭘 그렇게 비싸게 굴어!"

강우진이 달아나는 여자 주인공 정인화의 팔을 낚아챘다.

원래대로라면 정인화가 뿌리치며 빠져나가야 되는데 그녀는 웬일인지 뿌리치지 못하고 강우진의 가슴으로 달랑 끌려들어왔다.

전혀 예상치 못했던 상황에 강우진이 당황함을 감추지 못하고 가슴에 안았던 그녀를 밀어내며 급하며 고개를 숙였다.

"죄송합니다. 죄송해요… 제가 너무 힘을 크게 쓴 것 같네요."

"괜찮아요."

정인화가 얼굴을 붉히며 사과하는 강우진의 말에 자신은 아무렇지 않다는 듯 방긋 웃었다.

정인화는 강우진보다 2살이 많은 24살이었지만 극단에 들어온 게 늦었기 때문인지 아직도 강우진에게 반말을 하지 않았다.

상냥하면서 무난한 성격을 가졌음에도 이상하게 강우진과는 회식 자리 외에 자리를 같이한 적이 없는 여자였다.

예쁘장한 그녀가 활짝 웃자 옆에서 대기하고 있던 정환석이 불쑥 나섰다.

"인화야, 너 일부러 그런 거 아냐? 여기서 남친은 난데 왜 재벌집 아들놈한테 폴싹 안겨. 연극에서라도 재벌집 막내아들과 썸씽을 해보겠다는 거야, 뭐야?"

"에이, 오빠도 참. 여자는 원래 잘생긴 남자한테 안겨보고 싶은 거라구요."

"얼라리요. 요즘 애들은 정말 낯이 두꺼워. 처녀가 너무 솔직한 거 아냐?"

"히힛……."

정환석의 핀잔을 들으면서 정인화가 이상한 웃음을 흘렸다.

그 웃음으로 지금까지의 대화가 농담으로 치부되었다. 하긴 정환석이 나섰기 때문에 다른 배우들은 두 사람의 행동이 당연한 것으로 여겼다.

극단에서 제일 나이가 많은 정환석은 모든 배우와 격의 없이 지냈는데 워낙 농담을 잘해서 아예 그런가 보다 여겼다.

하지만 강우진은 두 사람의 농담에 얼굴을 붉힌 채 웃지 못했다.

본능적인 느낌.

분명 정인화는 일부러 안긴 게 틀림없었다.

가슴에 닿은 그녀의 가슴이 그걸 말해주고 있었다.

자신은 그녀가 가슴에 안길 만큼 힘을 주지 않았는데도 기다렸다는 듯 포옹한 것처럼 달려들어 온 것은 정인화가 의도적으로 그랬다는 뜻이다.

*　　　　　*　　　　　*

정인화는 얼굴을 붉힌 채 어쩔 줄 모르는 강우진을 뒤로하고 연습을 다시 시작했다.

그러나 그녀의 가슴은 두 방망이로 때리는 것처럼 거칠게 뛰고 있었다.

극단 '비상'에 들어온 지 2년.

처음 봤을 때 강우진은 100㎏이 넘는 육중한 몸매와 평범 이하의 얼굴을 가지고 있었기 때문에 관심조차 갖지 않았다.

그녀가 듣기로는 이전엔 훨씬 더 뚱뚱하고 못생겼었는데 꾸준한 다이어트를 통해 많이 좋아졌다는 게 그 모양이었다.

더군다나 그는 연극을 꿈꾸는 스태프에 불과했고 고졸 출신이란 걸 안 이후로는 아예 쳐다볼 생각조차 않았다.

그녀는 경운대학교의 연극영화과를 졸업했으나 누군가에 게 스카웃되는 제의는 받아보지 못했다.

엔터테인먼트 쪽에도 기웃거려 봤으나 자신의 외모와 연기 력으로는 바늘 끝조차 들어가지 않을 정도로 그곳은 단단한 철옹성과 같았다.

그래서 극단 비상에 들어와 연기를 시작했다.

그러나 막상 탄탄하다고 들었던 비상은 시간이 갈수록 사세가 기울어지기 시작하더니 지금에 와서는 마지막 공연을 끝으로 문을 닫을지도 모르는 신세가 되었다.

그녀가 비상을 떠나지 않은 것은 자신의 재능으로 다른 극단에 가봤자 더 나은 대우를 받는다는 보장이 없다는 게 가장 큰 이유였다.

연기가 좋았다.

비록 비상이 어려워졌지만 연기만 할 수 있다면 집안은 제법 풍족했기에 월급을 받지 못해도 충분히 버틸 만했다.

또 하나의 이유를 들으라면 강우진이 여기에 있다는 것이었다.

강우진은 시간이 지나면서 무섭게 변해가고 있었다.

100㎏이 넘던 체중은 날이 갈수록 줄어들어 지금에 와서는 거의 완벽한 몸매로 변했고 안경을 벗은 그의 얼굴은 사람의 시선을 확 잡아놓을 정도로 매력적이었다.

매일이 다르다.

강우진의 외모는 조금씩 달라지고 있었는데 일주일 전에 본 얼굴과 오늘의 얼굴이 미세하게 차이가 났다.

당연히 좋은 쪽으로였다.

매일 얼굴을 부딪치는 사람들은 이상하게 생각하지 못했지만 그녀만큼은 강우진의 얼굴이 뭔가 모르게 변하고 있다는 것을 느꼈다.

처음에는 관심 때문에 착각한 것이라 여겼다.

여자는 한번 연심을 품으면 남자의 모든 것이 점점 좋아지기 때문에 그렇게 보이는 것이라 생각했다.

그러나 관심이 지속될수록 자신의 생각이 착각이 아니란 걸 알았다.

6개월 전이 다르고 3개월 전이 달랐으며 지금이 달랐다.

기가 막히게 강우진의 외모는 시간이 갈수록 요요롭게 빛나는 것처럼 느껴졌다.

'달려라 로맨스'를 연습한 지 벌써 2달.

그 시간 동안 정인화는 강우진과 함께하며 짝사랑이라는 가슴앓이를 앓기 시작했다.

말도 안 된다며 고개를 흔들었지만 한번 시작된 사랑은 멈출 줄을 몰랐다.

도대체 이건 뭘까?

그토록 경원시했던 남자가 가슴으로 들어오다니 정말 이것이 사랑일까라는 의구심마저 들었다.

그래서 강우진이 잡아당길 때 일부러 그의 가슴속으로 파고들었다.

알고 싶었다. 그의 가슴에 안겼을 때 자신의 반응이 어떤 것인지를……

*　　　　*　　　　*

배우가 관객들에게 감동을 주는 표현 방법은 4가지로 충분하다고 누군가 말했다.

눈빛, 목소리와 말투, 표정, 그리고 몸짓.

그중 두 가지는 타고나야 한다고 했는데 바로 눈빛과 목소리였다.

그 대표적인 인물이 눈빛과 목소리로 세계의 여인들을 매료시킨 리챠드 워서였다.

연기하는 워서의 눈빛 속에는 모든 감정이 녹아 있었다.

그저 바라보는 것만으로도 사람의 감정을 자극하는 그의 눈빛 연기는 노력만으로 절대 흉내 낼 수 없는 천부적인 재능이었다.

더불어 그를 아카데미 남우주연상에 3차례나 오르게 만든 것은 목소리였다.

사람의 감정에는 몇 가지가 있을까.

사랑, 분노, 기쁨, 슬픔…….

그는 목소리 하나로 모든 것을 표현하는 능력이 있었는데 그의 눈빛이 합쳐지면서 누구도 넘볼 수 없는 연기의 신으로 자리 잡았다.

강우진은 일이 끝나면 언제나 거울 앞에 섰다.

그런 후 수많은 표정을 지으며 그에 맞는 눈빛을 만들려고 노력했다.

눈빛은 타고나야 된다고 했지만 사람마다 자신의 눈빛이 있으니 그에 맞춰 감정을 담기 위해 노력했다.

처음에는 어려웠으나 3년 동안 줄곧 노력한 것이 효과가 있었던지 거울에 비친 자신의 눈은 감정에 따라 달라지고 있었다.

이게 과연 자신의 노력 때문인지 아니면 DNA가 바뀌면서 얻어진 것인지 알 수가 없었으나 분명한 것은 그의 눈이 감정에 따라 완벽하게 바뀌기 시작했다는 것이다.

정말 고맙다.

자신이 사랑했던 노래를 잃었지만 완벽에 가까운 외모를 얻었으니 좌절할 이유가 없었다.

자신의 외모는 현재도 변화가 진행되고 있었다.

그 시기를 정확히 알 수 없으나 변화가 멈추었을 때 그의 얼굴은 두려울 정도로 완벽하게 바뀔 거란 생각이 들었다.

이제 앞으로 내일이면 처음으로 연극 무대에 서게 된다.

시간이 다가올수록 체한 사람처럼 가슴이 먹먹하게 무거워졌다.

이제 연습은 끝났기 때문에 무대에 오를 일만 남았다.

제12장
아름다운 시작 II

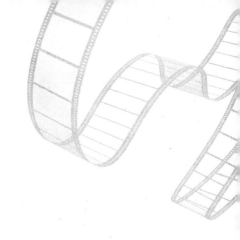

다음 날 아침.

눈을 뜨면서부터 가슴이 거세게 요동쳤다.

3년이라는 긴 시간 동안 얼마나 이 순간을 기다려 왔는지 모른다.

흥분이 가라앉지 않았다.

그 긴 시간 동안 무대에서 배우들이 공연하는 장면을 보면서 얼마나 부러워했는지 남들은 알지 못할 것이다.

1부 공연은 7시부터 시작되지만 강우진은 아침 일찍 밥을 먹고 극단으로 향했다.

마지막 리허설은 2시부터였으나 가슴이 설레어서 견딜 수가 없었다.

9시가 조금 넘은 시간에 극단에 도착하자 서현탁이 먼저 와서 기다리는 것이 보였다.

바보 같은 놈.

놈은 분명 자신처럼 첫 공연에 대한 설렘을 이기지 못하고 먼저 와서 기다리고 있었던 것이 분명했다.

서현탁은 사무실에서 대본을 보고 있었는데 강우진이 들어서자 화들짝 놀라며 대본을 내려놓았다.

"왜 이렇게 일찍 나왔어?"

"그러는 너는?"

"나야 엑스트라잖아. 엑스트라가 조연이나 주연으로 발돋움하기 위해서는 열심히 해야지."

"지랄한다. 누가 너보고 엑스트라래. 분량 봐라, 인마. 나보다 네가 더 많잖아."

"그래도 너는 주연급 조연이지만 나는 떨거지야."

서현탁이 대본처럼 중얼거리며 입술을 주욱 내민 채 중얼거렸다.

항상 같이 붙어다니다 보니 느끼지 못했을 수도 있지만 공연을 위해 연습을 할 때마다 서현탁은 천생 배우 기질을 타고난 것 같았다.

강우진은 서현탁의 반응에 대해서 더 이상 말하지 않았다.

어차피 말해봤자 놈은 엉뚱한 이야기를 꺼내서 그를 괴롭힐 게 뻔했다.

"현탁아, 우리 무대에 한번 가볼래?"

"왜?"

"그냥… 먼저 가서 분위기를 느껴보면 좋잖아."

"짜식, 초보자 티를 팍팍 풍기고 있네. 그래도 뭐, 내가 이해해 준다."

서현탁이 슬그머니 의자에서 엉덩이를 들었다.

말은 그렇게 했지만 서 역시 애써 준비한 무대를 보고 싶었던 모양이다.

무대에 들어서서 조명을 켜자 또다시 가슴이 뛰기 시작했다.

이 연극을 위해 얼마나 고생을 했던가.

스태프가 부족해서 강우진과 서현탁은 무대를 꾸미느라 눈코 뜰 새 없이 바쁘게 보냈다.

물론 한 달 전에 공연을 종료한 배우들이 도와줬지만 대부분의 무대 장치는 그들이 다했다.

새삼 무대가 달라 보였다.

배우들이 공연하는 무대를 꾸밀 때는 느끼지 못했던 감동이 새삼스레 밀려왔다.

"현탁아, 무대가 예쁘지 않니?"

"그러네."

"이제 시작이야. 우리 최선을 다해보자. 후회가 없도록."

"걱정 마, 인마. 난 이 연극에 목숨을 걸었다. 난 정말 미친
놈처럼 잘할 거다. 그러니까 우진이 너도 잘해."

*　　　　　*　　　　　*

무대에서 기웃거리다가 사무실로 돌아오자 배우들이 하나
씩 들어오기 시작했다.

1부 공연의 배우들이 먼저 자리를 차지했고 곧이어 2부 공
연의 배우들까지 도착했다.

이 연극에 극단 비상의 운명이 걸려 있다는 사실이 배우들
을 긴장하게 만든 모양이다.

아직 마지막 리허설까지는 시간이 많이 남았지만 배우들은
팀끼리 모여 자연스럽게 대화를 나누기 시작했다.

먼저 입을 연 것은 정환석이었다.

"다들 단장님의 말씀을 들었으니 이게 우리의 마지막 기회
라는 거 잘 알 거야. 여러분들이 다른 어떤 때보다 열심히 연
습했지만 상황이 상황인 만큼 부담스럽겠지. 더군다나 처음
무대에 서는 사람들까지 있어서 솔직히 나도 걱정되긴 해. 그

래도 우리 잘해보자. 이번에 대박 터뜨려서 비상을 살려보자
고."

"알겠습니다."

"다행스럽게 예매율이 그렇게 나쁘지는 않단다. 절반 정도
나갔다고 하니까 현장 구매까지 감안한다면 대충 100명 이상
은 들어올 것 같아. 그래서 초연이 무엇보다 중요해. 초연이
성공하면 좌석 점유율이 올라가는 건 시간문제야. 자, 그럼
커피 한잔하고 리허설하기 전에 대본 리딩부터 해보자. 오케
이?"

＊　　　　　＊　　　　　＊

커피 타임.

배우들끼리 대화를 나누면서 긴장을 푼 후 마지막 연습에
들어가자는 정환석의 배려였다.

서현탁은 자판기로 걸어가 동전을 집어넣었다.

고참들은 사무실에서 자리를 잡았고 문밖으로 나온 건 강
우진과 서현탁뿐이었다.

정인화가 불쑥 다가온 것은 서현탁이 자판기에서 나온 커
피를 꺼내기 위해 몸을 숙였을 때였다.

"나도 한잔 주세요."

"아, 예……."

고개만 돌려 그녀를 바라보던 서현탁이 뽑은 커피를 꺼내 건네주었다.

그녀는 여전히 밝은 웃음을 짓고 있었는데 언제나 그녀의 표정에는 웃음이 담겨 있었다.

정인화가 입을 연 것은 서현탁이 두 잔의 커피를 더 뽑아서 창문가로 이동했을 때였다.

"긴장되죠?"

"그러네요."

"저도 처음에 그랬어요. 너무 떨려서 제대로 서 있는 것조 차 힘들었거든요. 처음 무대에 나갔는데 관객들이 막 괴물들 로 보이더라니까요."

"하하하……."

그녀의 과장스러운 몸짓에 강우진과 서현탁이 웃음을 터뜨 렸다.

"하지만 연극을 무사히 끝냈을 때의 기분은 말로 설명할 수 없을 정도였어요. 만족할 만큼 잘하지는 못했지만 무사히 끝 냈을 때 그 기분은 하늘을 날아갈 것 같았어요."

"그랬군요."

"내가 보니까 현탁 씨는 연기를 정말 잘하더라구요. 현탁 씨는 배우 하려고 태어난 사람인 것 같아요. 어쩜 그렇게 잘하죠?"

정인화의 시선은 강우진을 향하지 못한 채 줄곧 서현탁을 바라보고 있었다.

서현탁은 능글거리는 게 몸에 밴 놈이었기에 그녀의 칭찬을 온몸으로 고스란히 받아들였다.

겸손과는 거리가 먼 놈이다.

그럼에도 밉지 않은 건 사람을 편안하게 만드는 음성과 몸짓 때문이었다.

"내가 원래 좀 합니다. 우진이 이놈보다는 민첩성이 한참 뛰어나죠. 얼굴만 조금 받쳐줬으면 이병두처럼 되었을 텐데 억울해요."

"호호호······."

서현탁의 능청에 정인화가 깔깔 웃었다.

이병두는 현재 영화계에서 최고의 인기를 끌고 있는 빅 스타였는데 여자들에게 가장 사랑받는 배우였다.

그녀의 입에서 웃음이 그쳤지만 얼굴은 여전히 미소를 담고 있었다.

여전히 서현탁을 바라보는 시선.

하지만 그 시선은 어딘지 모르게 흔들리는 것이었다.

"어쨌든 우리 화이팅해요. 오늘 잘 끝나면 술 한잔 어때요?"

"좋죠."

"약속했으니까 시간 비워놔요. 그럼 나는 들어가 볼게요. 환석이 오빠가 할 말이 있다고 했거든요."

그녀가 스커트를 휘날리며 빠른 걸음으로 사무실을 향했다.

그 뒷모습이 날렵했기에 서현탁의 시선이 그녀의 등에서 떨어질 줄 몰랐다.

"우진아."

"응?"

"혹시 인화 씨가 나 좋아하는 거 아닐까?"

"왜?"

"왜긴 인마. 커피 마시러 나올 이유가 없는데도 따라 나왔잖아. 그리고 인화 씨 시선 못 봤어? 계속 나만 쳐다보는 거?"

"네 말은 그러니까 인화 씨가 널 좋아해서 쳐다본 거란 말이냐?"

"직감이 그래. 아무래도 인화 씨가 나한테 호감이 있는 것 같아."

"너 연상 좋아하니?"

"연상이면 어때, 예쁘면 그만이지. 더군다나 인화 씨는 성격도 좋잖아."

"미친놈아, 김칫국부터 마시지 마라. 나중에 골병들지 말고."

"그게 아니면 왜 같이 술을 마시자고 그래. 이 자식이, 부러운 모양이네."

"부럽긴 하지."

"저번에 그 여대생은 어떻게 됐어. 전화했냐?"

"전화는 무슨. 스쳐가는 사람일 뿐인데. 사람은 우연이 아니고 인연으로 만나야 되는 거야, 인마."

"철학자 나셨네. 빙신아, 우연이 인연이 되는 거야. 알지도 못하면서 까불고 있어."

*　　　*　　　*

대본 리딩에 이어 점심을 먹고 단원들은 다시 모였다.

부담감 때문인지 밥알이 꼭 모래알처럼 느껴져서 반이나 남기고 말았다.

마지막 리허설마저 끝나고 점차 운명의 시간이 다가왔다.

6시 반이 넘자 관객들이 입장을 시작했는데 무대 뒤에서 준비하는 강우진에게는 관객들의 소란스러움이 천둥처럼 들렸다.

"스탠바이 끝났어?"

수염을 멋지게 붙인 단장 한국영이 대기실 문을 열고 들어서며 물었다.

그의 얼굴은 흥분으로 슬쩍 붉어져 있었다.

"오늘 잘하자. 벌써 120명이나 들어왔단다."

"괜찮네요. 잘하면 좌석 다 채우겠는데요?"

"그러니까 잘하자고. 이 기세를 계속 몰고 나가지 못하면 전작처럼 되는 거야. 제발 나 좀 살려줘라. 우리 대박 쳐서 잘 살아보자."

"이번에는 예감이 좋습니다. 걱정하지 마세요, 단장님."

정환석이 주먹을 불끈 쥐며 대답을 했지만 한국영은 웃지 못했다.

연극이 새로 시작했을 때의 관객 수는 장담을 하지 못하는 허수가 많다.

그저 제목이 주는 감각과 새로운 작품에 대한 기대감 때문에 오는 경우가 많기 때문이었다.

시간이 점점 흐르면서 멋진 양복을 쫙 빼입은 강우진이 연속해서 침을 꿀꺽 삼켰다.

오랜만에 입은 정장은 갑갑해서 잔뜩 긴장한 그의 몸을 옭아매고 있었다.

드디어 7시.

공연을 시작하는 타임 벨소리가 길게 울린 후 무대의 막이 오르는 게 보였다.

연극의 시작은 커피숍이었는데 남녀 주인공이 달콤한 사랑을 속삭이는 장면이었다.

사랑에 빠진 남녀들의 감질 나는 대화. 대화에 담겨 있는 멘트들이 신선하고 아름다워 관객들은 서서히 연극 속으로 빠져들기 시작했다.

곧이어 서현탁이 출연하면서 온갖 푼수 짓으로 관객들을 웃겼다.

놈은 베테랑처럼 보일 정도로 자연스럽게 연기에 몰입했는데 그의 대사와 몸짓에 따라 관중들이 연속해서 폭소를 터뜨렸다.

다행이다. 이 정도의 반응이라면 망하지는 않을 것 같다.

자신의 차례가 되자 강우진이 혀로 입술을 핥은 후 무대로 나갔다.

첫 장면.

그의 옆에는 비서 역을 맡은 윤필용이 따라 나왔는데 강우진이 그를 구박하다가 여주인공을 멀리서 발견하는 장면이었다.

강우진이 등장하자 관객석에 있던 여자 관객들의 입에서 소란스러움이 생겨났다.

검은 양복에 하얀 와이셔츠를 멋지게 차려 입은 강우진의 모습에 놀랐기 때문이다.

대사를 시작하기 전 늘씬한 몸매와 얼굴에서 뿜어져 나오는 아우라가 그녀들을 놀라게 만든 게 분명했다.

작은 목소리로 흘러나온 말들이 재밌다.

"뭐야, 저 사람 탤런트 아냐?"

"영화배운가?"

연극판에서 찾아볼 수 없는 외모 때문에 자연스럽게 흘러나온 말이었다.

하지만 대사가 시작되면서 관객들의 반응은 강우진의 외모에서 벗어나 배역에 몰입되었다.

비서를 대하는 사나운 말투, 그리고 껄렁거리는 몸짓, 눈과 목소리에서 나타나는 무례함이 그녀들을 화나게 만들었다.

관객들은 연극이 진행되면서 강우진에게 처음 느꼈던 호감 대신 상당한 반감을 가지기 시작했다.

사랑하는 두 사람 사이에 끼어들어 못된 짓을 일삼는 강우진의 연기는 너무 리얼해서 관객석에서 연신 야유가 쏟아져 나왔다.

관객들은 진정으로 주인공들의 사랑이 아버지의 반대와 강우진의 맹목적인 대시를 이겨내고 이루어지기를 진심으로 바랐다.

아마 그것은 오랜 연기 경험을 가진 한국영의 관록과 강우진의 몰입이 만들어낸 결과였을 것이다.

그리고 마지막 엔딩.

두 사람의 결혼식이 벌어지는 순간. 모든 배우가 나와 주인 공들의 결혼을 축하하면서 활짝 웃는 행복한 순간에 사람들과 떨어진 곳에서 강우진의 마지막 대사가 흘러나온다.

한쪽 의자에 앉아 있는 강우진.

그동안의 껄렁거리던 모습은 찾아볼 수 없는 대신 눈빛에서 아쉬움과 슬픔이 잔뜩 담겨 있었다.

행복한 모습으로 웃고 있는 두 사람을 향해 강우진의 마지막 대사가 흘러나왔다.

감미롭고 따뜻한 목소리.

"안녕, 내 사랑. 그동안 괴롭혀서 미안해. 하지만 내 사랑은 진짜였어. 널 사랑한 거 후회하지 않아. 너를 볼 때마다 너무나 행복했으니까. 잘 가라, 화연아. 오랫동안 내 심장 속에서 너를 기억할게……."

*   *   *

남자 친구인 정동영과 함께 오랜만에 연극을 보러온 김민지는 극장에 들어서면서 가슴이 설레었다.

정동영과는 사랑을 시작한 지 2년쨌데 만날 때마다 똑같은 데이트를 했기 때문에 지루해지던 참이었다.

그래서 먼저 연극을 보자고 제의했다.

오랜만에 대학로에 나와 길거리 공연도 보고 연극도 관람하면서 정동영과 즐거운 시간을 갖고 싶었기 때문이다.

'달려라 로맨스'.

인터넷 예매 사이트를 뒤지다가 발견한 연극이었다.

목적이 있었던 만큼 그녀는 망설이지 않고 '달려라 로맨스'를 예매했다.

새로 시작되는 연극이었기에 관람 평은 없었으나 뭔가 정동영에게 데이트에 관한 메시지를 줄 수 있을 거란 기대감이 들었다.

대학로에 와서 같이 거닐다가 저녁을 먹고 극장으로 왔다.

좋았다. 남자 친구와 젊음이 가득 찬 대학로에 왔다는 것 그 자체로 성공이란 생각이 들었다.

드디어 극장에 입장해서 자리에 앉자 기대감이 점점 커졌다.

이 연극은 분명 남자 친구에게 많은 것을 가르쳐 줄 것이다.

막이 올라가고 연극이 시작되면서 금방 몰입이 되었다. 사랑을 하고 있는 사람들이 공감할 수 있는 대화가 너무 좋았고 주인공들의 행동과 몸짓들이 너무나 사랑스러웠다.

특히 주인공 친구가 나오면서부터 배꼽 빠지게 웃었다.

잘생기지 못했지만 친구는 빵빵 터지는 대사와 액션으로

관객석을 웃음의 도가니로 몰아넣었다.

문제는 갈등이 시작되는 중반부를 넘어서면서부터였다.

재벌 아들로 나온 배우가 무대에 들어설 때 너무 놀라 눈을 비볐다.

도대체 저 사람은 뭐지?

처음엔 유명한 영화배우가 특별 출연하는 줄 알았다.

그만큼 재벌 아들로 나온 배우는 눈이 부실 만큼 잘생겼기 때문에 시선을 떼지 못할 정도였다.

그러나 대사가 시작되면서 그에 대한 호감은 금방 반감으로 바뀌었다.

그가 연극을 하고 있다는 것 자체를 잊어버릴 만큼 화가 나고 미웠다.

하는 짓마다 어쩜 저럴 수가 있을까.

무대에서 그가 하는 짓은 하나하나가 완전히 미움덩어리였다.

정동영이 옆에 있는데도 화가 나서 강우진을 향해 마구 비난을 쏟아부었다.

사랑하는 남자가 있다면서 제발 그만두라고 간절하게 애원하는 여자를 향해 무작정 들이대는 강우진의 행동은 그녀를 두 주먹 불끈 쥐게 만들 정도로 무례하고 몰상식해 보였다.

연극이 진행되는 동안 그녀는 무대에서 시선을 떼지 못했다.

얼마나 집중했는지 시간이 가는 것조차 모를 지경이었다.

드디어 주인공들이 갖가지 고초를 이겨내고 결혼에 골인하는 순간 그녀는 미친 듯이 박수를 쳤다.

그녀만 그런 것이 아니었다.

관객석에 있던 대부분의 사람이 주인공들의 사랑을 축복하며 진정으로 박수를 보냈다.

하지만 그 박수 소리는 결혼식을 지켜보는 강우진의 모습이 시작되자 언제 그랬냐는 듯 사라져 버렸다.

침묵.

불과 5초 남짓 침묵 속에서 앉아 있는 강우진의 모습이 그들을 숨죽이게 만들었다.

사랑을 잃어버린 남자의 마음을 강우진은 온몸으로 보여주며 슬픔에 잠긴 채 의자에 앉아 있었는데 그 모습이 너무나 애처롭게 보였다.

그리고 마지막 대사.

여자를 진정으로 사랑했음을 고백하는 그의 이야기가 솜사탕처럼 부드러운 음성을 타고 무대에 울려 퍼졌다.

"아이 씨, 저 바보. 그러니까 처음부터 잘했어야지!"

김민지의 입에서 자신도 모르게 말이 튀어나왔다.

떨리는 작은 목소리.

강우진의 대사가 가슴이 쿵 떨어질 정도로 애잔해서 불쑥 튀어나온 말이었기에 그녀의 목소리는 잘게 떨렸다.

어느새 그녀의 마음속에는 강우진에 대한 미움이 눈 녹듯 사라졌고, 대신 동정심이 따뜻한 봄날의 아지랑이처럼 생겨나고 있었다.

*　　　　*　　　　*

연극이 모두 끝나고 배우들이 모여 인사를 하자 관객들이 일어나 기립 박수를 쳐줬다.

예상하지 못한 열화와 같은 응원.

부단장인 손석환은 조마조마한 마음으로 연극이 끝나기를 기다리다가 관객들이 자리에서 모두 일어나 박수를 치자 풀썩 주저앉고 말았다.

대박이다.

지금까지 인기리에 공연했던 '아가씨의 사랑'도 이 정도로 커다란 반응을 보인 적은 없었다.

신인 작가가 가져온 '달려라 로맨스'의 대본을 읽으며 괜찮다는 생각을 했지만 이 정도의 반응을 끌어낼 거라고는 생각지도 못했다.

워낙 식상한 줄거리였기 때문인데 그럼에도 불구하고 워낙 대사가 톡톡 튀었고 조금 지루해질 때마다 코믹 요소들이 들어가 관객들이 지루할 틈을 주지 않아 잘하면 중박 정도는 될 거란 예상을 했다.

하지만 관객들의 반응은 그의 예상을 깨버렸다.

연극이 끝나자 관객들이 모두 자리에서 일어서는 것을 보자 몸에서 전율이 일어나며 소름이 올올이 돋았다.

배우로서 성공적인 삶을 살지 못하고 극단 운영에 뛰어들었지만 연극을 보는 눈은 누구보다 뛰어나서 배우들의 연기와 관객들의 반응을 보며 성공할 수 있다는 생각은 했지만 이렇게 기립 박수까지 받을 줄은 꿈에도 생각하지 못했다.

그가 봤을 때 이번 연극은 주인공들도 잘했지만 그 누구보다 강우진과 서현탁의 공이 컸다.

똑같은 연기라도 배우가 누구냐에 따라 관객들의 반응이 달라진다.

강우진과 서현탁을 투입하면서 처음 연기하는 초보들이었기에 실수할까 봐 마음을 놓지 못했다.

연극은 중간에서 배우가 실수하는 순간 그 생명력을 잃기 때문에 손석환은 연극이 끝날 때까지 그들이 실수할까 봐 손에 땀을 쥐며 걱정했다.

리허설을 할 때 강우진과 서현탁은 초보답지 않게 상당한 내공을 보여주었으나 실수가 연극을 단박에 망친다는 걸 너무나 잘 아는 그에겐 뇌관에 불이 붙은 폭탄을 보는 것처럼 조마조마할 수밖에 없었다.

그러나 연극이 끝날 때까지 두 놈은 베테랑에 버금가는 감정을 싣고 줄곧 무대를 장악했다.

너무 기뻤으나 한편으로는 자신과 단장인 한국영의 오판이 너무 아쉬워 자책감마저 들었다.

다이어트를 하고 기적적으로 시력을 회복하면서 안경을 벗어버린 강우진의 외모는 쉽게 볼 수 없을 정도로 훌륭했으나 자신들은 그가 연극을 공부한 적이 없다는 사실 때문에 지금까지 무대에 올리지 않았다.

하나 강우진의 연기력은 거의 미친 거나 다름없었다.

상황에 따른 표정 변화, 사람들의 감정을 움직이는 목소리, 그에 맞는 몸짓.

무엇 하나 나무랄 것 없이 완벽에 가까웠다.

관객들이 그의 행동 하나, 대사 하나마다 몰입하면서 화를 내고 안타까워한 것은 그의 연기가 그만큼 관객들을 사로잡았다는 걸 증명했다.

그건 서현탁도 마찬가지였다.

정말 미치고 환장할 정도로 서현탁의 대사 처리 능력과 코믹스러운 연기는 대단했다.

어쩜 저렇게 연기를 잘할 수 있을까.

연습 때도 잘한다는 생각을 가졌지만 놈은 실제 연극에 들어가자 마치 미친놈처럼 관객들을 제 맘대로 요리했다.

만약 저 두 놈을 일찍 데뷔시켰다면 어떤 일이 벌어졌을까.

이번 '달려라 로맨스'의 대본 연습을 하면서 배우들이 모여 미팅을 할 때마다 수많은 대사가 수정되었는데 그중 상당 부분이 강우진과 서현탁에 의해 이루어졌다.

물론 작가가 그들이 제시한 것들을 더욱 세련되게 다듬었지만 톡톡 튀는 아이디어들이 없었더라면 이만큼 관객들을 즐겁게 만들지 못했을 것이다.

다시 말해 연극을 보는 눈이 있다는 뜻이다.

강우진이 3년 동안 누구보다 열심히 공부한다는 것을 흘려들은 적이 있으나 이 정도일 줄은 상상도 못 했다.

위기에서 기회가 찾아온다는 말이 이토록 가슴에 들어온 적이 없었다.

두 놈은 보석이다.

강우진과 서현탁을 일찍 데뷔시켰다면 비상의 경영 상태가 이 정도로 망가지지 않았을 거란 생각이 들자 그 아쉬움은 훨씬 커졌다.

관객들이 모두 자리에서 일어나 박수를 쳐주자 다리에 힘이 풀려서 주저앉아 있던 손석환은 인사를 끝내고 무대에 서 있는 배우들을 향해 정신없이 뛰어갔다.

안아주고 싶었다.

이토록 연극을 멋지게 끝내준 배우들에게 뽀뽀라도 해줘야 직성이 풀릴 것 같았다.

＊   ＊   ＊

강우진은 연극이 끝나자 미리 준비했던 것처럼 배우들과 함께 무대의 중앙으로 모여 관객들에게 인사를 했다.

와아!

인사를 하는 순간 관객들 속에서 함성 소리와 함께 박수가 들려왔다.

눈을 들어 바라보자 관객들이 모두 자리에서 일어나는 것이 보였다.

아…….

너무 놀라 어쩔 줄을 모른 채 단장인 한국영을 바라보았다.

한국영은 기립 박수를 보내는 관객들을 향해 손을 들고 있었는데 회한에 젖어 있는 사람처럼 눈시울이 붉어져 있었다.

먼저 그가 다시 한 번 고개를 숙여 인사를 했기에 강우진도 따라서 관객들을 향해 감사의 인사를 보냈다.

관객들이 모두 빠져나갈 동안 배우들은 무대에 서서 움직이지 않았다.

연극은 배우들이 먼저 무대에서 나간 후 관객들이 퇴장하지만 '달려라 로맨스'에 출연했던 배우들은 마지막 한 명의 관객이 극장을 나갈 때까지 꼼짝하지 않고 서 있었다.

고마움, 그리고 그들이 보여준 행동에 대한 감동.

배우들의 가슴속에 들어 있는 것은 바로 그런 것이었던 게 분명했다.

대학로에서 연극을 시작한 것은 언젠가 자신도 사람들의 뇌리에 각인되는 스타가 되고 싶었기 때문이다.

훌륭한 연기를 한다는 것. 그래서 관객들을 감동시킨다는 건 배우들의 꿈이다.

그것이 오늘 이루어졌다.

한국영이 입을 연 것은 마지막 관중까지 극장에서 빠져나간 후였다.

"오늘 수고들 했어. 고마워, 오늘 연극 정말 멋졌다."

"단장님도 수고하셨습니다."

"니들 연극하면서 기립 박수 받아봤어?"

"아뇨."

"오늘 내 연기 끝내주지 않았나?"

"정말 대단했어요. 단장님이 연기를 그렇게 잘하는 줄 몰랐습니다."

"이것들아, 관객들이 기립 박수를 보낸 건 전부 내가 아버지 역을 환장하도록 잘했기 때문이야. 너희들은 그걸 알아야 돼!"

한국영의 농담에 배우들의 얼굴에서 웃음꽃이 피어났다.

이 와중에 어떻게 저런 농담이 나올까.

눈이 붉어질 정도로 감정이 고조되었던 그는 금방 수습하고 배우들의 감정마저 조절해 버리는 노련미를 뽐냈다.

연극에서 기립 박수를 받는다는 건 더없이 행복한 일이기도 하지만 부담스러운 일이기도 하다.

양날의 검.

다음 연극 때 기립 박수를 받지 못한다면 배우들은 금방 실망에 빠지게 될 것이다.

"오늘은 초연이라서 관객들이 우리 힘내라고 기립 박수까지 보내준 것 같은데 너무 흥분하지 마라. 아까도 말했지만 너희들 연기가 좋아서 그런 게 아니고 순전히 내 연기가 훌륭해서 그런 거야. 그러니까 앞으로도 열심히들 해."

"푸하하… 알겠습니다."

"아무래도 이번에 감이 괜찮아. 오늘은 만석이 안 됐지만 다음부터는 자리가 꽉 찰 것 같다. 우리 조금만 더 노력하자. 내가 돈 생기는 대로 니들 월급부터 준다."

"에이, 단장님은 당연한 걸 가지고 생색을 내십니다."

"그런가, 아이쿠!"

정환석이 낄낄거리며 대꾸를 하자 머리를 긁적이던 한국영이 비틀거리며 뒤로 물러났다.

극장 뒤에서 지켜보던 손석환이 뒤늦게 뛰어들어 와 한국영을 끌어안았던 것이다.

"야, 내가 네 애인이냐. 왜 끌어안고 지랄이야."

"크크크, 아이고, 우리 단장님 수고했습니다. 잘했어요, 정말 잘했습니다."

"뭘 이 정도 가지고 난리야. 그런데 여긴 왜 왔어. 곧 2부 공연인데 준비 안 해!"

"해야죠. 그래도 기립 박수까지 받았는데 제가 가만있을 수 있나요."

"기립 박수 한 번 받은 게 뭐 그리 대수라고……."

"헐, 언제 받아본 적 있는 것처럼 말씀하십니다."

"그렇다는 거지. 야, 시간 없어. 배우들 안아줄 거면 빨리하고 다음 공연 준비해. 대신 인화하고 혜진이는 살짝 포옹만 해. 너, 기회가 좋다고 가슴 닿을 정도로 끌어안으면 죽는다!"

*   *   *

옷을 갈아입고 나오자 정인화가 뒤에서 뛰어오는 것이 보였다.

"오늘 수고했어요."

"인화 씨도 수고했습니다."

강우진과 서현탁이 거의 동시에 입을 열자 그녀의 얼굴이 밝게 빛났다.

하여간 웃음 하나는 매력적인 여자였다.

"아까 얘기한 거 잊지 않았죠?"

"술 마시자는 거요?"

"공연 잘 끝났잖아요. 그러니까 한잔해야죠."

"다음 공연 지켜봐야 되지 않을까요. 초연인데 봐줘야 할 것 같은데?"

"단장님이 먼저 가라고 하셨어요. 다음 공연 끝나려면 2시간 반이나 기다려야 된다고 먼저 가서 쉬래요. 우린 내일도 공연해야 되잖아요."

당연한 얘기다.

그런데도 강우진과 서현탁이 2부 공연을 보려 했던 것은 이 공연이 성공하길 바라는 간절한 마음 때문이었다.

"다른 배우들도 갔어요?"

"환석이 오빠하고 필용이 오빠는 약속 있다고 먼저 갔어요. 정혜 언니도 오늘 데이트 있다네요."

"그럼 우리만 남은 거네요."

"그러니까 말이죠. 빨리 가요. 공연 때문에 저녁도 대충 먹었더니 배고파요."

정인화의 재촉에 두 사람은 어쩔 수 없다는 듯 사무실에 들러 인사를 하고 극단을 빠져나왔다.

대학로는 젊은이들의 거리답게 먹을 곳 천지였는데 그들이 들어간 곳은 극단과 멀지 않은 생맥주집이었다.

간단하게 한잔하자는 그녀의 말은 지켜지지 않았다.

공연을 무사히 끝내고 기립 박수까지 받았기 때문인지 세 사람은 공연에 관한 이야기로 웃음꽃을 피우며 연신 맥주잔을 비웠다.

강우진과 서현탁의 주량은 두주불사에 가까울 정도로 셌지만 정인화는 그렇지 않았다.

그녀는 두 사람의 반도 마시지 않았는데 한참 전부터 얼굴이 발그랗게 올라온 상태였다.

취기가 올라올 때부터 서현탁에게 고정되었던 그녀의 시선이 강우진에게 넘어왔다.

"우진 씨는 연기 공부 계속해 왔다면서요?"

"조금씩 했습니다."

"도대체 얼마나 공부했기에 그토록 연기가 자연스럽죠. 연습할 때도 계속해서 느낀 거지만 공연하면서는 정말 대단했어요. 난 깜짝 놀랐다니까요."

"과찬이세요. 그저 연기에 충실하려고 노력했을 뿐이에요."

"인마, 숙녀분이 칭찬해 주면 고맙습니다, 하고 고개를 꽉 숙이는 거야. 어디서 겸손질이야, 겸손질이!"

서현탁이 중간에서 또 나섰다.

하여간, 놈은 분위기 띄우는 데 도사다.

서현탁의 말에 유쾌하게 웃던 정인화가 앞에 놓였던 맥주잔을 들어 반이나 마신 후 강우진을 바라보았다.

어느새 바뀐 시선.

그녀의 시선에는 은근한 긴장감이 배어 있는 것 같았다.

"우진 씨, 그거 알아요?"

"뭐가요?"

"처음에는 몰랐는데 우진 씨 정말 잘생겼어요. 여자들이 그런 소리 안 해요?"

"그게……."

왜 모르겠는가.

시간이 지나면서 거리를 걸으면 여자들의 시선이 따라오는 게 느껴졌다.

지금도 마찬가지다. 생맥주집에 있던 거의 모든 여자가 한 번씩 자신을 보는 건 그의 얼굴이 잘생겼기 때문일 것이다.

그럼에도 대답하지 못했다.

자신의 과거를 알지 못하는 여자들의 시선은 부담스러운 것에 지나지 않았다.

강우진이 대답을 얼버무리자 정인화가 다시 한 번 맥주잔을 들어 올렸다.

그런 후 서현탁을 바라보며 말을 돌렸다.

"현탁 씨는 유머 감각이 정말 대단해요. 여자들한테 인기 많겠어요."

"하하하… 제가 원래 그렇습니다."

"현탁 씨는 여자 친구 있어요?"

"아뇨, 군대 가 있을 동안 헤어졌어요. 여자들은 남자가 군대 가면 지체 없이 고무신을 신는 게 유행인가 봐요."

"호호, 그건 사람마다 다른 거죠."

"그거 어째 제가 매력 없다는 소리로 들립니다."

"그럴 리가요, 현탁 씨가 얼마나 매력 있는 사람인데요. 자상하지, 유머 감각 뛰어나지. 내가 봤을 땐 최고의 남자로 생각되는데요?"

"어험, 그 말 데이트 신청으로 받아들이겠습니다."

대책 없는 놈.

강우진의 눈이 그렇게 말하고 있었다.

좋은 말 한마디 해줬다고 저렇게 오버하는 걸 보면 친구지만 가끔가다 뇌가 고장 난 놈으로 보인다.

강우진이 마시던 맥주잔을 내려놓은 것은 깔깔거리며 웃던 정인화의 눈이 어느새 그에게 향하고 있었기 때문이다.

"우진 씨는 여자 친구 있어요?"

제13장
스카우트 I

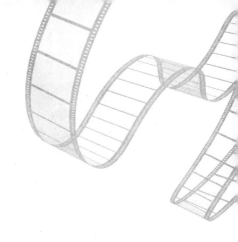

처음 아들을 낳았을 때 세상을 다 가진 것처럼 기뻐 기어코 참고 참았던 눈물을 흘리고 말았다.

세상에 혼자 버려졌던 아픔.

그 긴 세월 동안 혼자로 살아오며 겪었던 외로움이 아들을 얻으면서 봄기운에 녹아버리는 눈처럼 한순간에 사라져 갔다.

남들은 못생긴 아들을 보면서 시선을 돌렸지만 그에게는 눈에 넣어도 아프지 않을 만큼 사랑스러웠다.

그러나 세월이 지나며 못생긴 외모로 아들이 힘들어하고 괴로워할 때마다 그의 기쁨은 점점 슬픔으로 변해갔다.

세상이 주는 핍박이 얼마나 컸으면 그 어린 나이에 죽고 싶다는 생각을 다 했을까.

처음 두 번은 미수로 그쳤지만 중학교 때는 칼로 팔목을 긋는 바람에 꼬박 한 달 동안 학교에 나가지 못할 정도로 큰 상처를 입었다.

그럼에도 아들을 탓하지 못했다.

모든 것은 못난 외모를 가지고 태어나게 만든 자신의 책임이었기에 그저 미안하고 또 미안할 따름이었다.

그런 아들놈이 고등학교를 졸업하고 난 후부터 연극이란 걸 한다고 했다.

영화는 몇 번 본 적이 있지만 연극이란 건 단 한 번도 본 적이 없었기에 정확히 어떤 것인지 알 수 없었다.

스태프로 일한다고 했던가.

대학교에서 연극을 전공하지 못했기 때문에 연극을 도와주는 스태프로 일하다가 기회를 잡아 배우가 될 거라면서 아들은 환하게 웃었다.

연극이라는 곳도 학벌을 따져 하고 싶은 연기조차 마음대로 하지 못하는 것 같았다.

아들이 웃을 때마다 같이 웃었다.

무엇을 하든 행복하면 된다. 비록 월급은 적더라도 희망을 품고 산다면 행복하게 살 수 있으니까.

그런 아들이 일주일 전 저녁밥을 먹는 자리에서 드디어 무대에 올라 연기를 하게 되었다는 말을 하며 쑥스러움을 감추지 못했다.

자신의 아들이었지만 신중한 놈이다.

뭔가 확실하게 이루었을 때가 되어서야 말을 하는 성격이었으니 아들은 무대에 오른 지 꽤 되었을지도 모른다.

그저 스쳐 지나는 사람들은 변화를 눈치채지 못했지만 자신을 비롯해서 아내와 고3인 둘째는 강우진의 외모가 바뀐 것에 대해 너무나 잘 알고 있었다.

다이어트를 해서 바뀐 외모가 아니었다.

눈이 갑자기 좋아졌다는 것 자체가 이해되지 않았고 얼굴의 골격마저 완전히 달라져 강우진의 말을 믿을 수가 없었다.

기쁘기도 했지만 걱정이 되어 일이 손에 잡히지 않았을 때 아들을 붙잡아 앉혀놓고 물었다.

도대체 너에게 무슨 일이 있었던 거냐고.

하지만 아들은 계속해서 열심히 운동하고 다이어트를 했더니 외모가 변했다며 똑같은 이야기만 반복할 뿐이었다.

*   *   *

강성두는 아내인 정숙영과 둘째 아들 강우성을 데리고 대학로로 왔다.

강우성은 그가 강우진이 출연한다는 연극을 보러간다는 말을 하자 공부까지 포기하고 따라나섰다.

강우진은 한번 봐야겠다는 그에게 펄펄 뛰면서 오지 말라고 했으나 태연하게 모른 척 지낼 수는 없었다.

아들이 어떤 일을 하는지, 그 일을 하면서 얼마나 행복해하는지 보고 싶었다.

그랬기에 강우성에게 시켜 예매를 했다.

물론 강우진은 모르게 한 일이었다.

예매를 하고도 아들에게 말하지 않은 건 그의 배역이 주인공이 아니라 엑스트라 비슷한 조연이란 말을 들었기 때문이다.

갑자기 나타나 아들을 당황스럽게 만들고 싶지 않았기 때문에 뒷자리에서 조용하게 지켜보다 빠져나올 생각이었다.

대학로에 도착해서 강우성이 이끄는 대로 걸었다.

봄꽃이 만연한 대학로는 젊은이들로 북적였는데 길가에 활짝 핀 벚꽃이 너무나 아름다웠다.

아내는 이곳이 처음이었던지 연신 고개를 돌려대며 탄성을 지르기에 바빴고 강우성 역시 주변에 가득 찬 젊은이들을 바라보느라 정신이 없었다.

"여보, 오랜만에 나오니까 좋지?"

"그럼요. 벚꽃이 너무 예뻐요."

"오랜만에 휴가 냈으니까, 당신 마음껏 구경하고 좋은 것도 많이 사달라고 해. 내가 오늘은 당신이 원하는 거 다 해줄게."

"호호, 알았어요."

강성두의 말에 정숙영이 환한 웃음을 지었다.

5년 만에 처음으로 식당에 일이 있다고 휴가를 낸 그녀는 오랜만의 외출이 얼마나 좋은지 어린아이처럼 즐거워하고 있었다.

"우성아, 이번에 꼭 좋은 대학에 합격해서 너도 저 사람들처럼 이런 곳에 와서 연극도 보고 그래. 참 보기 좋지 않니?"

"그럴게요."

"괜히 나 때문에 네가 공부도 하지 못하고 여기까지 온 것 같아 미안하구나."

"아니에요. 저도 형이 연기하는 거 꼭 보고 싶었어요. 아빠, 걱정하지 마세요. 저 하루 공부 안 해도 충분히 좋은 대학교 들어갈 수 있어요. 제 실력 잘 아시잖아요."

"그럼, 잘 알지."

강성두가 아들의 말에 푸근한 웃음을 지었다.

비록 능력은 없지만 좋은 아버지가 되고 싶었다.

"아빠, 저기가 비상이라는 극단이 연극하는 곳이에요. 보이시죠, 저 광고판. 형이 출연한다는 달려라 로맨스 광고가 붙어 있잖아요."

"그렇구나."

"사람들이 줄 서 있는 걸 보니 아직 입장을 안 하는 모양이에요. 그런데 사람들이 엄청 많은데요?"

"저 사람들이 다 우진이가 출연하는 연극을 보러온 거란 말이니?"

"네, 아빠. 저 줄은 달려라 로맨스를 보기 위한 줄이에요."

강우성의 말대로 극장 앞에는 거의 150명에 달하는 사람들이 길게 줄을 선 상태였다.

아직 20분이나 남았는데도 이 정도의 줄이 섰다면 연극은 사람들로 꽉 찬 상태에서 공연하게 될 것이다.

강성두는 가족들과 함께 맨 끝에 줄을 서서 기다리다가 시간이 되어 극장의 가장 뒤쪽에 자리를 잡았다.

그런 후 태어나서 처음으로 연극이란 걸 보았다.

연극의 내용은 재미있었다. 더군다나 극 초반부터 나오는 서현탁이 얼마나 재밌던지 웃음을 멈출 수 없었다.

서현탁은 일주일이 멀다 하고 집에 놀러오던 놈이었는데 막상 무대에 올라 연기하는 모습을 보자 신기했다.

드디어 극 중반이 되자 강우진이 나타났다.

검은 정장을 멋지게 차려 입은 강우진의 모습이 보이자 두 눈이 저절로 부릅떠졌다.

지금도 믿겨지지 않지만 변화된 강우진의 모습은 여자 관객들이 탄성을 지를 만큼 잘생겼다.

흐뭇한 마음으로 아들의 연기를 지켜봤다.

하지만 시간이 지날수록 마음이 불편해지기 시작했다.

아들의 배역은 주인공들의 사랑을 방해하는 악역이었기 때문에 옆에서 두런거리며 강우진을 욕하는 소리가 고스란히 들려왔다.

욱하는 마음이 들어 옆에 앉아 있던 여자를 째려보다가 한숨을 내리쉬었다.

아내는 아까부터 두 손을 꼭 부여잡고 안절부절못하며 무대에서 시선을 떼지 못하고 있었다.

드디어 마지막 엔딩 장면이 나오며 강우진이 독백하는 순간 아내의 눈에서 눈물이 흐르기 시작했다.

아내는… 비록 연극이지만 아들인 강우진의 사랑이 못 이루어졌다는 사실을 견뎌내기 힘들어하는 것 같았다.

*   *   *

달려라 로맨스는 6개월이 지나면서 연일 매진 행렬을 이어 가기 시작했다.

연극이 공연될수록 인터넷에는 호평들이 쏟아졌고 입소문

을 타면서 대박의 징조를 보였다.

문제는 인터넷의 호평이 강우진과 서현탁이 출연하는 1부 공연 쪽에 몰린다는 것이었다.

직접 연극을 본 관객들은 인터넷 예매 사이트는 물론이고 연극 관련 블로그와 카페에 달려라 로맨스에 대한 감상평을 남겼는데 1부에 대한 호평이 주를 이루었다.

특히 강우진에 대한 인터넷 유저의 평이 많았다.

연극의 맛을 충실히 살리는 양념 역할을 제대로 수행했고 마지막 장면이 뇌리에 박힐 만큼 멋졌다는 것이었다.

더군다나 많은 유저가 강우진의 탁월한 외모에 대해서 글을 남기며 프로필을 알고 싶어 했다.

하지만 초보 배우인 강우진에 대한 정보는 어디에도 나타나지 않았기에 궁금증으로 남은 경우가 대부분이었다.

*   *   *

중견 연예 기획사 '페이스'의 대표 이승환은 오늘도 접대를 하느라 술을 마셨지만 다른 날보다 일찍 들어왔다.

TSN의 드라마 PD인 민경일이 딸 생일이라며 자리를 일찍 파하고 집에 들어갔기 때문이다.

다행이다.

어제도 영화 감독 모임인 '천지인' 멤버들과 밤늦게까지 술을 퍼마셔서 컨디션이 엉망이었는데 민경일이 2차를 마다하고 집에 들어간다는 소리를 하자 속으로 만세까지 불렀다.

9시가 넘어 집에 들어갔을 때 마누라인 송영희가 반갑게 맞아주었다.

송영희는 왕년에 탤런트를 하면서 예쁜 얼굴과 몸매로 반짝 인기를 누렸지만 사십이 훌쩍 넘자 몸이 넉넉하게 변했다.

그럼에도 이승환은 그녀를 보자 웃음부터 나왔다.

결혼한 지 벌써 18년째.

마누라는 이제 사랑보다 고운 정 미운 정이 들어서 마치 친구처럼 여겨진다.

"오늘은 어쩐 일이셔?"

"당신 보고 싶어서 일찍 왔지. 큰놈 MT 갔잖아. 그러니 오늘은 마음 놓고 만리장성을 쌓아봅시다."

"호호호, 이게 얼마 만에 들어보는 반가운 소리래. 난 우리 남편이 갱년기가 와서 물건조차 서지 않는 걸로 알았는데."

송영희가 이승환의 양복을 받아 들면서 깔깔 웃었다.

말은 그렇게 했지만 싫지 않은 눈치였다.

"밥은?"

"먹고 왔지. 오늘 힘 쓸라고 장어 먹었어."

"이 양반이 진짜로 할 모양이네."

"내가 언제 농담하는 거 봤어?"

"봤지. 셀 수 없이. 맨날 할 것처럼 하더니 씻고 나오면 그냥 잤잖아요."

"그건 술이 취해서 그런 거지."

"어쨌거나. 오늘은 왠지 뭔가 있을 것 같아서 와인도 사 왔으니까 그냥 자면 죽을 줄 알아."

"어디 갔다 왔어?"

"친구들이 오랜만에 연극 보러 가자 해서 대학로에 갔다 왔어요. 정말 재미있는 연극 보고 왔어."

"그래? 어떤 건데?"

"달려라 로맨스란 건데 너무너무 재밌었어. 친구들이 인터넷 평이 너무 좋다고 해서 갔는데 정말 대박이었어요. 아 참, 당신네 회사는 요새 신인들 안 키우나?"

"그건 왜?"

"예전에는 신인들도 키워서 쓰고 그랬잖아."

"요샌 안 해. 괜찮은 놈들이 한둘이라야지. 신인들 키워서 돈 버느니 괜찮은 놈들 스카웃해서 써먹는 게 훨씬 나아. 그런데 왜 그런 걸 물어?"

갑작스러운 마누라의 질문에 이승환이 이상한 듯이 쳐다봤다.

송영희는 결혼한 후 지금까지 집안일을 하면서 연예계 쪽은 쳐다보지 않았다.

현숙한 아내가 되어 남편을 보필하겠다는 평소의 생각을 지키기 위함이었는데 한 번도 그녀는 그 결심을 바꾼 적이 없었다.

"오늘 연극에서 본 친구가 있는데 너무 잘생겼더라고요."

"잘생긴 놈들은 쌔고 쌨어. 당신도 잘 알면서 그래."

"잘생기기만 했으면 내가 이런 이야기를 하겠어. 그 친구 연기도 엄청 잘해. 관객들이 난리도 아니었어. 나도 막 가슴이 떨리더라니까."

"그놈 나처럼 생겼어?"

"그게 무슨 소리예요?"

"당신 이상형이 나라며. 가슴이 떨렸다니까 그래서 물어본 거야."

"이 양반이 나이가 들면서 점점 뻔뻔해져. 내가 언제 당신이 이상형이라고 그랬어요. 순진한 처녀 꼬셔서 넘어뜨리는 바람에 시집왔구만, 별소릴 다 듣겠어."

"어머, 이 마누라 봐. 좋다고 먼저 넘어져 놓구선 이제는 오리발을 내미시네."

"내가 언제……."

"흐흐흐, 어디 보자고. 넘어지나 안 넘어지나 확인해 보면 되지."

"이 양반이 미쳤나 봐. 둘째 들어올 시간 다 됐어요."

송영희 펄쩍 뛰며 달려드는 이승환을 피했다.

둘째 딸은 학원을 마치고 보통 10시 근처에 들어오기 때문에 지금 일을 벌리면 걸릴 가능성이 농후했다.

그랬기에 이승환이 입맛을 다시며 뒤로 물러나자 송영희가 재차 입을 열었다.

"정말이니까 당신 그 친구 확인해 봐요. 내가 봤을 때 그 친구 잘만 가꾸면 대박이겠더라. 괜히 다른 곳에 뺏긴 다음 후회하지 말구요. 마누라 말 들으면 자다가도 떡이 생긴다잖아."

"허허, 당신이 그렇게까지 말하니까 정말 괜찮은 모양이네. 알았어, 내가 내일 알아보지."

*　　　　　*　　　　　*

사랑이란 놈은 참 이상하다.

처음에는 마음이 가지 않았던 사람도 같이 보내는 시간이 많아지면서 좋아지는 경우가 왕왕 생기니 말이다.

정인화가 서현탁과 사귀기 시작한 것도 그런 경우였다.

옛날, 사랑하는 여자에게 매일 편지를 보내던 남자가 있었다.

전쟁터에 나가 있었기 때문에 편지로 자신의 사랑을 보낼 수밖에 없었던 남자는 자신의 사랑을 하루도 빼놓지 않고 여인에게 전했다.

지고지순한 사랑.

하지만 편지를 받은 여인이 사랑에 빠진 것은 그 남자가 아니라 우편 배달부였다고 한다.

매일같이 얼굴을 보면서 함께한 시간들이 그녀에게 운명처럼 사랑이란 선물을 해버렸기 때문이다.

그것처럼 정인화는 강우진에 대한 호감 때문에 서현탁과 만나다가 사랑에 빠지고 말았다.

그녀로서는 의도치 않은 일이었지만 인연은 그렇게 시작되었다.

강우진 때문에 서현탁과 많은 이야기를 주고받으며 차도 마시고 영화도 같이 보면서 사랑이란 감정이 생기고 말았으니 인연이란 정말 알 수 없는 것이었다.

물론 그 이면에는 강우진의 무심함이 큰 몫을 차지했다.

말수는 그리 많지 않았지만 어려서부터 남의 눈치를 보면서 자랐기 때문에 그녀의 마음이 이상하다는 건 벌써 알고 있었다.

그럼에도 모른 체한 것은 서현탁이 그녀를 마음에 두고 있다는 사실과 아직 여자를 사귀면 안 된다는 이유가 있었기 때문이다.

이제 시작된 자신의 꿈을 위해, 어려운 환경에서 자신을 키워주신 부모님과 사랑하는 동생을 위해 지금은 오직 연기에 매진해야 된다는 생각을 가졌다.

　'달려라 로맨스'는 그의 꿈을 이루기 위한 시작에 불과했다.

　첫 발을 내디뎠으니 한 걸음 한 걸음 더 높은 곳을 향해 걸어가야 한다는 결심이 가슴에 가득 들어 있었다.

　또 하나의 이유는 아직도 자신의 가슴속에 들어 있는 첫사랑이자 짝사랑의 기억이 생생했기 때문이다.

　그녀.

　자신을 바라보던 그녀의 그 선한 눈망울.

　언젠가 자신이 배우로 성공하게 된다면 간절히 사랑했던 그녀를 다시 보게 될지도 모른다.

　같은 위치 같은 자리에서.

＊　　　　　＊　　　　　＊

　"윤 실장, 혹시 자네 달려라 로맨스란 연극에 대해서 알아?"

　"그게 뭡니까?"

　"얼씨구, 질문은 내가 했는데 네가 그렇게 나오면 나는 어쩌라고!"

　"그러니까요."

눈을 부릅뜨는 이승환을 향해 윤철욱이 뻔뻔스러운 얼굴로 쳐다봤다.

윤철욱은 '페이스'의 기획실장을 맡고 있었는데 워낙 오랫동안 같이 일했기 때문에 친동생이나 다름없는 사이였다.

"우리 회사에서 키우는 신인이 몇이나 되지?"

"5명입니다. 모델 쪽 출신이 2명이고 대학교 졸업해서 기회를 보는 애들이 3명입니다. 그런데 왜 그러세요?"

"걔들 지금 일 좀 하나?"

"아시잖아요. 이 세계는 신인들에게 지옥이나 다름없는 곳인데 기회가 쉽게 오겠습니까. 두 놈은 억지로 밀어 넣어서 단발로 출연했는데 워낙 비중이 적어서 약발이 먹히지 않습니다."

"하긴, 그렇지."

이승환이 순순히 고개를 끄덕거렸다.

연예계, 특히 영화나 드라마 쪽은 거의 전쟁터나 다름없었다.

특히 신인들이 살아남기 위해서는 지닌 재능은 물론이고 기획사의 능력을 포함해서 낙타가 바늘구멍을 통과할 정도의 운도 따라줘야 한다.

'페이스'가 다른 기획사와 달리 신인들을 키우지 않고 기존 배우들을 중심으로 운영하는 것도 그런 이유 때문이었다.

다른 기획사들은 많게는 수십 명씩 신인을 보유하고 있지만 막상 일거리를 받아서 가져다주는 경우는 극히 드물었다.

검증된 배우들은 드라마 PD나 영화감독들을 조금만 구워삶으면 언제든지 캐스팅이 가능하지만 신인들은 하늘의 별을 따는 것처럼 어렵기 때문인데 대부분이 집에서 빈둥거리거나 클럽을 전전하며 시간을 보내는 게 일상이었다.

더군다나 가수 출신의 아이돌들이 인기를 등에 업고 진출하는 경우가 많기 때문에 생으로 데뷔하는 신인들이 설 자리가 드문 실정이다.

윤철욱의 대답에 고개를 끄덕이며 잠시 말을 멈췄던 이승환의 입이 다시 열린 건 비서가 커피를 내왔을 때였다.

"그래도 윤 실장이 대학로 좀 가봐야겠다."

"거긴 왜요?"

"그쪽에 달려라 로맨스란 연극이 지금 공연 중인가 봐. 거기 가면 강우진이란 놈이 있을 거야. 가서, 어떤 놈인지 알아봐 줘."

"연극하는 놈입니까?"

"그렇다네."

"꼭 남 일처럼 말씀하십니다. 걔는 왜요?"

"우리 마누라가 그놈한테 꽂혀서 난리야. 나보고 꼭 알아보란다. 오늘 밤에 들어오면 보고까지 하라네."

"형수님이요?"

윤철욱이 놀란 눈을 만들었다.

사장 부인이란 막강한 타이틀을 가졌음에도 그녀가 회사 일에 참견한 적은 한 번도 없었는데 누군가를 콕 찍어서 알아보라는 소리를 했다는 건 뭔가가 있다는 뜻이다.

송영희는 영화배우 출신이다.

비록 지금은 까마득히 잊혔지만 그녀가 새파란 어린놈을 주목했다면 그만큼 연기력이 훌륭했다는 걸 의미했다.

그럼에도 입맛을 다셨다.

신인들의 연기력이라 봤자 한계가 있고 아무리 뛰어나다 해도 시장 상황이 지랄 맞아서 땅속으로 처박히는 경우가 대부분이기 때문에 헛수고에 불과할 가능성이 컸다.

그가 알았다는 듯 고개를 끄덕인 것은 놈에 대한 기대 때문이 아니라 오랜만에 나선 형수의 제안을 무시하지 못해서였다.

어젯밤 꿈이 뒤숭숭하더니 아침부터 하지 않아도 될 일이 갑자기 떨어졌다. 바빠 죽겠는데……

*   *   *

윤철욱은 인터넷을 뒤져 달려라 로맨스에 대한 감상평을
주욱 읽어 내렸다.

워낙 바쁜 몸이었기 때문에 직원들에게 뽑으라고 시켰더니
A4용지로 20장이나 가져왔다.

기가 막혀서 직원을 째려보다가 시선을 내려 감상평을 읽었
다.

연극에 대한 감상평은 좋았다.

아무리 좋은 영화라도 역적처럼 까는 놈들이 있는 법인데
이 연극에 대해서는 대부분 호평을 내리고 있었다.

특이한 점은 강우진이란 놈에 대한 평가였다.

인터넷이란 특수성 때문에 누가 쓴 것인지 알 수 없으나 기
획사의 실무를 맡고 있는 실장의 감각으로 봤을 때 거의 여자
들이 쓴 것이었다.

호기심이 동했다.

도대체 어떤 놈이기에 주인공도 아니면서 이런 평가를 받을
수 있는 것일까.

연극은 오랜만이다.

드라마와 영화 쪽 일을 주로 하다 보니 연극을 본 지 10년
도 넘은 것 같았다.

생소한 느낌.

윤철욱은 소란스러운 관객들 틈에 끼어 연극이 시작되기를

기다리며 주변을 둘러보았다.

대학로에서 제법 큰 극장이라고 했지만 시골 촌동네를 보는 것 같았다.

그가 노는 동네와 비교할 수조차 없을 정도로 작은 규모의 무대가 한눈에 들어왔는데 막상 연극이 시작되자 그 차이는 훨씬 커졌다.

주인공이라고 나온 배우들의 비주얼은 형편없었고 연기력도 '페이스'가 보유한 스타들에 비하면 어린애 수준이었다.

물론 영화와 연극은 근본적으로 다르기 때문에 단순 비교한다는 게 어리석을지 모르나 감동이란 측면에서 봤을 때 그렇다는 것이다.

연극은 재밌었다.

특히 주인공 친구로 나온 놈의 코믹 연기는 관객들을 사정없이 웃기고 있었는데 꽤나 재능이 있어 보였다.

드디어 사진으로 봤던 강우진이 나오면서 그의 권태로움이 서서히 무너지기 시작했다.

무엇보다 탁월한 건 강우진의 비주얼이었다.

강우진의 외모를 확인한 윤철욱은 코끝을 찡그릴 수밖에 없었다.

지금 페이스가 보유한 신인들보다 훨씬 괜찮았고 그의 외모에서는 뭔가 모르게 특별함이 느껴졌다.

세상에는 잘생긴 놈들이 많다.

특히 연예계 쪽에서는 사방에 굴러다니는 놈들이 전부 잘생긴 놈들뿐이다.

하지만 강우진에게서는 이상한 빛이 흘러나오는 것 같았다.

완벽한 몸매와 조각을 빚어놓은 것 같은 얼굴. 물론 화면발이 제대로 먹힐지 제대로 확인하려면 자세히 봐야겠지만 원거리에서 보이는 비주얼은 최상급이었다.

문제는 강우진이 보여준 연기력이었다.

도대체 저놈은 뭘까?

묘하게 관객들의 감정을 자극하는 눈빛과 몸짓, 그리고 목소리.

윤철욱은 강우진의 대사와 행동에 따라 반응을 보이는 관객들을 보면서 점점 심각한 눈으로 무대를 노려봤다.

그리고 마지막 엔딩 장면이 끝나면서 한숨을 길게 내리쉬었다.

송영희가 왜 사장에게 스카웃하라고 등을 떠밀었는지 이해가 되었다.

＊   ＊   ＊

"야, 밥 먹자."

"싫어."

"왜?"

"인화 씨랑 먹을 거잖아. 넌 왜 꼭 니들 데이트하는데 날 못 끼워서 안달이냐. 벌써 권태기야?"

"지랄한다. 우린 막 시작했는데 무슨 권태기. 친구 놈이 불쌍해서 끼워주는 건데 그걸 그렇게 받아들이냐, 이 나쁜 놈아!"

"그건 인마, 배려가 아니라 고문이야. 난 오늘 볼일이 있어."

"그러지 말고 밥 먹자. 오늘 내가 맛있는 거 사줄게."

"안 돼. 오늘은 엄마한테 가야 돼."

"엄마는 왜?"

"아까 전화 왔는데 약을 가져달라고 하셨어. 집에 놓고 왔대."

"엄마가 어디 아프셔?"

"고혈압이 있어."

"쩝, 그럼 안 되겠네."

"나 먼저 갈 테니까 데이트 잘해. 진도 팍팍 나가지 말고 천천히 해라. 무식하게 서두르지 말고."

"얼씨구, 누가 보면 네가 연애 고수인 줄 알겠다. 초보도 안 되는 놈이 까불고 있어."

"크크크… 내일 보자."

주먹을 번쩍 드는 서현탁을 뒤에 남겨두고 강우진이 이상한 웃음을 흘리며 탈의실 문을 열었다.

탈의실은 무대와 가까웠는데 도로 쪽으로 나가려면 기다란 복도를 통과해야 했다.

강우진이 걸음을 멈춘 것은 낯선 남자가 복도를 가로막고 있었기 때문이다.

"강우진 씨, 연극 잘 봤습니다."

"아, 고맙습니다."

남자의 말에 강우진이 슬쩍 웃음을 지으며 고개를 살짝 숙였다.

연극이 흥행을 하면서 이런 사람이 많았다.

물론 대다수가 여자였는데 복도를 가로막고 기다리다가 사진을 찍자고 덤비는 경우가 대부분이었다.

하지만 고개를 숙였다가 남자를 본 강우진의 표정이 변했다.

뭔가 이 남자의 분위기가 달랐기 때문이다.

"강우진 씨, 나는 연예 기획사 페이스의 기획실장입니다. 우린 강우진 씨를 스카웃하고 싶은데 어떠십니까?"

"저를요?"

불쑥 내밀어진 명함을 받아 들며 강우진이 놀란 눈을 만들었다.

연극을 하는 사람들의 꿈은 연예 기획사에 소속되어 영화로 진출하는 것이었다.

그랬기에 강우진도 페이스에 대해서는 잘 알았다.

꽤 많은 스타를 보유한 페이스는 기획사 쪽에서도 꽤 탄탄하다고 알려진 회사였다.

"그렇습니다. 강우진 씨의 연기력이 상당하더군요. 그래서 우리가 키워볼까 합니다. 생각이 있으면 내일 회사로 방문해 주세요. 주소는 명함에 있으니까 찾아오는 데 어려움은 없을 겁니다. 그럼 좋은 인연이 되길 바랍니다……."

윤철욱은 가볍게 눈인사를 마친 후 몸을 돌렸는데 그 행동이 칼 같았다.

비굴하지도 않았고 안달이 나서 매달리지도 않았다.

연예 기획사의 실세다운 행동이었다.

*　　　　*　　　　*

"우진아, 뭐냐?"

"응?"

뒤늦게 탈의실에서 나온 서현탁이 걸어가는 윤철욱을 가리키며 물었다.

하지만 강우진은 금방 대답을 하지 못하고 명함만 보고 있을 뿐이었다.

답답했던 서현탁이 그가 들고 있던 명함을 낚아채서 확인하고 눈을 부릅떴다.

"페이스!"

"그렇다네."

"기획실장이라고 써 있잖아. 그럼 저 사람이 페이스의 기획실장이란 거냐?"

"맞아."

"그런데 왜 왔대? 명함은 왜 줬고!"

"날 스카웃하고 싶단다."

"정말이야?"

서현탁의 목소리가 비명처럼 커졌다.

이건 예전 댄스 그룹에 들어오라는 기획사와 차원이 달랐다.

페이스는 그만큼 연예 기획사에서 인정받는 곳이었고 수많은 스타를 보유한 탄탄한 회사였다.

"어쩌지?"

"뭘 어째, 이 새끼야. 무조건 가야지."

"정말 괜찮을까?"

"괜찮고 안 괜찮고가 어디 있어. 이건 대학로에서 연극하는 모든 사람이 꿈꾸는 일이야. 무조건 가. 쓸데없는 소리하지 말고. 그런데 언제 오라냐?"

"내일."

"내가 같이 가줄게. 넌 인마 횡재를 한 거라고!"

제14장
스카우트 II

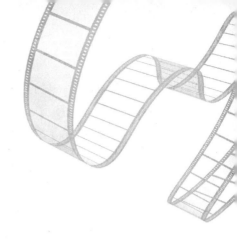

강우진은 집에 들러 정숙영이 놓고 간 혈압약을 챙겨 들고 양재로 향했다.

정숙영이 일하는 식당은 양재역에서 구청 쪽으로 5분 정도 걸어가면 나오는 감자탕집이었다.

평범한 엄마들처럼 정숙영 역시 가족들을 위해 음식을 했지만 전문 식당에서 일하기에는 부족한 실력이라 주방에서 일하지 못하고 홀에서 서빙을 했는데 하루 종일 서서 돌아다녀야 했기 때문에 일이 끝나고 돌아오면 녹초가 되어 곯아떨어지기 일쑤였다.

아픈 몸으로 일을 하는 게 안쓰러워 그만두라는 말을 하고 싶었으나 가족들을 위해 애를 쓰는 엄마를 볼 때마다 그 소리가 목구멍 속으로 다시 들어갔다.

지하철에서 내려 수많은 자동차가 보이는 보도로 올라가자 싸늘한 기운이 으슬으슬 올라왔다.

벌써 11월.

달려라 로맨스를 공연한 지 어느새 일 년이 다 되어가고 있었다.

걸으며 아까 만났던 윤철욱을 생각했다.

그가 왜 자신을 스카웃하려 했는지 이해할 수 없었다.

연극판에는 대단한 연기력을 지닌 베테랑이 줄을 서 있지만 연예 기획사의 관심을 받아 큰물로 진출하는 경우는 매우 드물었다.

물론 연극부터 시작해서 영화 쪽으로 진출한 배우들이 맹위를 떨치며 스타로 발돋움한 사례도 있지만 극히 소수에 불과했고 그들 대부분은 연극계에서 잔뼈가 굵은 베테랑들이었다.

다시 말해 자신처럼 햇병아리가 스카웃되는 경우는 거의 없었다는 뜻이다.

갑자기 찾아온 행운에 정신을 차릴 수 없었다.

행복하기도 했지만 불안하기도 했다.

자신의 연기력이 뛰어나서 스카웃한다는 실장의 말이 아직까지도 믿기지 않았고 연기자로 키워준다며 돈을 뜯어내는 엉터리 사기꾼들이 많다는 뉴스가 자꾸 생각났다.

하지만 분명 그의 명함에 들어 있던 건 탄탄하기로 소문난 기획사의 이름 '페이스'였다.

확인해 보면 안다.

내일 직접 회사로 찾아가 눈으로 확인하면 모든 것을 알 수 있을 것이다.

그런데 왜 자꾸 불안한 마음이 드는 것일까.

정신을 차렸을 때 어느새 손님들이 북적거리는 감자탕집이 나타났다.

예전에는 엄마가 일하는 곳에 갈 엄두조차 내지 못했다.

못생긴 외모를 지닌 그가 식당에 나타나면 엄마가 불편해할 것이 염려되었기 때문에 먼발치에서 보기만 하고 돌아오곤 했다.

식당 문은 2개였다.

손님들이 주로 드나드는 커다란 문과 일하는 사람들이 이용하는 쪽문이 별도로 뒤에 나 있었다.

강우진은 지체 없이 쪽문 쪽으로 향했다.

얼른 약만 전해주고 돌아갈 생각이었는데 갑자기 들려온 엄마의 목소리 때문에 걸음을 멈추고 말았다.

"죄송합니다, 사장님. 제가 오늘 약을 가지고 오는 걸 깜박해서 그만……."

"그래도 그렇지, 홀 한가운데서 쓰러지면 어쩌란 말이야. 정씨 때문에 식당이 난장판으로 변해서 1시간 동안이나 손님을 받지 못했잖아. 미쳤어? 오늘 손해 본 거 어쩔 거야!"

"죄송합니다. 죄송합니다."

"죄송하면 다야? 손해 본 거 어쩔 거냐고!"

엄마는 연신 고개를 조아리며 사정을 했으나 사장으로 보이는 뚱뚱한 여자는 그냥 넘어갈 생각이 없는 것처럼 계속해서 소리를 빽빽 질렀다.

엄마는 넘어지면서 감자탕 국물에 데었는지 왼팔에 붕대를 감고 있었는데 옷조차 갈아입지 못해서 국물이 잔뜩 묻어 있는 옷을 그대로 입은 채 죄인처럼 고개만 수그리고 있었다.

언제부터 저러고 있었던 것일까.

가슴이 터질 것 같았다.

솟구치는 분노. 엄마의 모멸감이 가슴으로 전해지며 화가 머리끝까지 솟구쳤다.

지금 나가면 엄마가 곤란해질 게 분명했지만 도저히 참을 수가 없었다.

그랬기에 달려가 고함을 쳤다.

"얼맙니까!"

"당신 뭐야?"

"식당이 손해 본 게 얼마냐고요. 물어주면 되잖아요. 물어 줄 테니 말해요. 얼맙니까?"

강우진의 기세에 여자가 두려운 표정으로 뒤로 주춤거리며 물러났다.

대신 정숙영이 강우진을 확인하고 급하게 팔을 붙잡아 왔다.

"우진아, 이게 무슨 짓이야. 너 왜 그래?"

"엄마, 5년 동안 이런 대접을 받으면서 일을 했어? 저런 인 간한테 이런 수모를 당하면서!"

"이놈아, 빨리 사장님한테 잘못했다고 빌어. 얼른."

"잘못을 왜 빌어? 뭘 잘못했다고! 엄마, 가자. 이렇게 더러운 식당에서 다시는 일하지 마. 내가 돈 벌어서 호강시켜 줄 테니 까 엄만 더 이상 일하지 마."

"우진아!"

"가자니까!"

강우진은 막무가내로 정숙영의 팔을 붙잡고 걸어갔다.

솟구친 분노가 뇌를 자극해서 자신이 무슨 짓을 하고 있는 지 모를 지경이었다.

씨발… 씨발.

이런 게 아닌데, 이러면 안 되는데.

하지만 도저히 참을 수 없었다. 자식들을 위한 엄마의 고생을 이젠 더 이상 두고 보고 싶지 않았다.

*   *   *

정숙영은 지하철을 타고 집으로 돌아오는 동안 아무 말도 하지 않았다.

그것은 강우진도 마찬가지였다.

평소보다 빠른 시간에 정숙영이 문을 열고 들어오자 강성두가 설거지를 하다가 놀란 음성으로 물어왔다.

"당신 어쩐 일로 이렇게 빨리 들어왔어?"

"나, 식당 그만뒀어요."

"…왜?"

강성두가 묻다가 말끝을 흐렸다.

잔뜩 어두워진 강우진의 모습에서 뭔가 이상하다는 것을 느꼈기 때문이다.

그랬기에 그의 얼굴이 강우진에게 향했다.

"무슨 일 있었니?"

"엄마 그동안 많이 고생했잖아요. 그래서 제가 그만두라고 했어요."

"음……."

강성두는 아무 말도 하지 않고 그저 작은 신음만 흘려냈다.

안다, 그도.

집사람이 식당에 다니면서 고생하는 걸 왜 모르겠는가.

그럼에도 모른 체한 것은 그가 번 돈 가지고는 집 사는 데 얻은 융자금과 강우성의 학원비, 그리고 앞으로 들어갈 대학 등록금이 감당되지 않기 때문이었다.

하지만 아들이 자신을 똑바로 바라보며 아내가 고생한 것을 말하자 아무런 말도 할 수 없었다.

아들의 목소리는 비수로 찌르는 것처럼 자신의 심장을 후끈거리게 만들었다.

무슨 일이 있었던 모양인데 정숙영은 그 일에 대해서 말하지 않으려는 듯 애써 시선을 피하고 있었다.

강우진의 입이 다시 열린 것은 강성두가 묵묵히 설거지 하면서 끼었던 고무장갑을 벗을 때였다.

"제가 드릴 말이 있어요."

"…무슨."

"잠깐 저기에 앉아 계세요. 금방 나올게요."

강우진은 손가락으로 소파를 가리킨 후 빠르게 자신의 방으로 향했다.

얼마 지나지 않아 금방 다시 나타난 그의 오른손에는 통장이 쥐어 있었다.

"이거 받으세요."

"이게 뭐니?"

그동안 말이 없던 정숙영이 놀란 눈으로 물었다.

그녀는 갑자기 내놓은 통장이 너무 낯선 모양이었다.

"엄마한테 주려고 그동안 모아놓았던 거예요. 이 돈이면 우성이 등록금하고 융자도 일부 갚을 수 있을 테니까 엄마, 내 말대로 해요. 그동안 고생 많았으니까 엄마는 이제 쉬었으면 좋겠어요."

통장을 받아 든 정숙영이 금액을 확인하고 두 눈을 치켜떴다.

어이없게도 통장에는 9천만 원이 넘는 거액이 찍혀 있었기 때문이다.

놀란 것은 강성두도 마찬가지였다.

거의 1억에 달하는 돈이 눈앞에 나타나자 그는 또다시 긴 신음 소리를 흘려냈다.

"도대체, 너… 이 돈 어디서 난 거니?"

"제가 그동안 모은 거예요."

"거짓말하지 마. 기껏 연극하던 놈이 이 많은 돈을 어떻게 모아. 너 설마… 혹시?"

"절대 나쁜 짓 해서 번 돈 아니에요. 저 못 믿으세요?"

"그럼 이걸 어떻게 믿어!"

정숙영이 소리를 빽 질렀다.

아들을 못 믿은 건 아니었지만 강우진이 번 돈으로는 절대 이렇게 커다란 액수를 마련할 수 없기 때문이었다.

하지만 강우진은 침착한 표정으로 정숙영을 바라보며 입을 열었다.

몸을 미끼로 임상 실험을 해서 벌었다고 말한다면 부모님의 가슴은 새카맣게 탈 정도로 고통을 느끼게 될 테니 사실대로 말할 수는 없었다.

그랬기에 그는 태연하게 거짓말을 했다.

"나, 사실 연예 기획사에 스카웃돼서 계약금으로 8천만 원을 받았어요. 나머지는 내가 일하면서 모은 거고요."

"정말이야?"

"페이스라는 회사인데 내일부터 거기서 일할 거예요. 탄탄한 회사니까 아마 조만간 텔레비전이나 영화에 나올지도 몰라요."

"너… 그 말 사실이니?"

"날 스카웃한 실장님이 그랬어요. 누구보다 스타 기질이 뛰어나서 계약금을 많이 주는 거니까 열심히 하라고 했어요. 엄마, 그리고 아빠, 그러니까 이제부터 걱정하지 마세요. 내가 돈 많이 벌어서 누구 못지않게 호강시켜 드릴게요."

강우진의 어색한 웃음이 흐르자 아들을 빤히 쳐다보던 정숙영의 눈가가 빨갛게 달아올랐다.

그런 후 천천히 눈물이 흘러나왔다.

"안 돼, 이 통장 다시 가지고 가. 네가 어떻게 살아왔는데 이걸 우리가 쓰니. 난… 그럴 수 없어."

*　　　　　*　　　　　*

강우진은 서현탁과 만나 논현동에 있는 '페이스'를 향해 걸어갔다.

엄마의 눈물은 가슴을 먹먹하게 만들 정도로 진해서 밤새도록 잠을 이루지 못하고 뒤척였다.

받지 않겠다는 통장을 끝까지 우겨서 엄마의 품에 안기자 엄마의 눈물은 한동안 멈추지 않았다.

무엇이 엄마를 저렇게 힘들게 하며 눈물 속에서 살아가도록 만든 것일까.

지겨운 돈.

그래, 엄마를 고통스럽게 만든 것은 오로지 돈이란 괴물 때문이었다.

번다. 뼈가 으스러지는 한이 있더라도 돈을 벌 수만 있다면 나는 무슨 짓이라도 할 것이다.

'페이스'는 대한민국에서 가장 번화하다는 논현동의 12층 건물에 위치하고 있었다.

"우와, 건물 봐라. 죽여준다."

빌딩을 본 서현탁이 입을 떡 벌리고 중얼거렸다.

오전 11시.

서현탁이 집으로 찾아온 것은 아침 9시가 조금 넘었을 때였다.

놈은 강우진이 가지 않을까 봐 미친놈처럼 아침을 먹자마자 숨을 헐떡거리며 뛰어들어 왔다.

엘리베이터를 타고 '페이스'가 있는 사무실로 올라갔다.

최신 건물이라 그런지 10층까지 올라가는 데 걸린 시간이 눈 몇 번 깜박할 사이에 불과했다.

사무실의 문을 열고 들어서자 바쁘게 움직이는 사람들이 보였다.

"저기, 윤철욱 실장님 찾아왔는데요."

"무슨 일로 찾아오셨죠?"

주춤거리며 다가가 여직원에게 묻자 의문을 담은 눈으로 그녀가 되물어왔다.

하지만 그녀의 눈은 반짝이고 있었다.

강우진의 외모가 그녀를 놀라게 만든 모양이었다.

계속되는 얼굴의 진화.

1년 사이에 강우진의 얼굴은 계속 변해서 부족했던 부분들이 완벽하게 균형을 찾아가고 있었다.

"어제 저를 찾아오셨거든요. 계약하고 싶다면서 오늘 오라고 하셨습니다."

"그래요? 그럼 저기 앉아서 잠깐 기다리세요."

여직원이 사무실 중간을 가리켰다.

그곳에는 커다란 소파가 텅 빈 채 그들을 기다리고 있었다.

서현탁과 함께 소파를 향해 다가가 앉았다.

윤철욱이 일하는 방은 사무실과 떨어져 있는지 여직원이 안쪽을 향해 걸어가는 것이 보였다.

"우진아, 저기 정세희 아니냐?"

"응?"

사무실을 두리번거리던 서현탁이 손가락으로 안에서 나오는 여자를 가리켰다.

화려하게 치장된 그녀의 모습은 세련의 정점을 달리고 있었다.

예쁘다.

실물로 보니까 화면에서 보는 것보다 훨씬 예뻐서 눈이 부실 지경이었다.

정세희는 JCN의 주말 드라마 '태양 속으로'의 여주인공이었는데 벌써 오래전부터 인기 정상을 달리는 톱스타였다.

"우와, 광이 난다. 광이 나."

"조용히 해, 인마. 창피하게 왜 이래."

"연예인을 직접 보니까 황홀해서 그런다. 정말 예쁘지 않냐?"

"예쁘긴 하네."

"신은 참 불공평해. 사람을 만들면서 차별 대우를 이렇게 해도 되는 거냐."

정세희에게서 눈을 떼지 못하고 서현탁이 계속해서 중얼댔다.

또각또각.

빨간 구두를 신은 채 사무실을 가로질러 걸어 나가는 그녀를 향해 직원들이 잘 가라는 인사를 하고 있었다.

'페이스'가 보유한 특급 스타에 대한 예우.

직원들은 그녀를 향해 웃음을 짓고 있었는데 모두 호의가 담겨 있었다.

인성이 괜찮다는 평판이 자자하더니 소속사 직원들에게도 잘해줬던 모양이었다.

윤철욱은 쉽게 모습을 드러내지 않았다.

하긴 그가 진짜 '페이스'의 기획실장이 맞다면 엄청 바쁜 몸일 테니 나타날 때까지 기다릴 수밖에 없다.

지금은 그가 갑이었고 그들 떨거지는 을조차 되지 않는 햇병아리에 불과했다.

두리번거리던 서현탁의 입에서 비명처럼 목소리가 흘러나온 건 문으로 몇 사람이 들어올 때였다.

"우진아, 쟤 강민경 아니냐!"

서현탁의 손짓에 문을 등지고 있던 강우진의 머리가 돌아갔다.

그런 후 거짓말처럼 동작을 멈췄다.

한눈에 알아볼 수 있었다.

1년 동안 짝사랑이란 열병 속에 시달리게 만들었던 그녀, 강민경.

무려 4년이란 시간이 흐른 지금 그녀가 여전히 아름답고 여전히 선한 웃음 속에서 그를 향해 다가오고 있었다.

강우진은 손을 번쩍 들며 일어서려는 서현탁의 행동을 막았다.

"왜 그래?"

"앉아."

차분하게 가라앉은 음성.

그런 강우진의 음성에 서현탁이 어리둥절한 표정을 짓다가 자리에 주저앉았다.

하지만 곧 그는 자신의 실수를 깨닫고 머리를 긁으며 고개를 푹 숙였다.

"미안해, 깜박했다."

"조심 좀 해."

"쩝, 하도 반가워서 그랬어. 네 첫사랑을 여기서 볼 줄 누가 알았겠냐."

고등학교를 졸업하고 동창들을 만난 적이 없었으니 그의 외모가 변했다는 걸 아는 놈은 한 명도 없었다.

계약하러 온 중요한 자리에서 소란을 떤다면 그것처럼 바보 같은 짓도 없을 것이다.

그랬기에 서현탁을 자리에 주저앉히고 그녀를 바라보았다.

강민경은 아름다운 미소를 지은 채 직원들한테 인사를 하며 걸어갔다.

예전 그때처럼 그녀는 선한 웃음을 짓고 있었다.

그녀를 사랑했다는 것은 서현탁만이 안다.

모든 속내를 드러낸 건 오직 서현탁뿐이니 놈은 강우진에 대해서 모르는 것이 없었다.

강민경을 바라보던 강우진이 자신도 모르게 입을 열었다.

그녀의 외모는 정세희 못지않게 빛이 나고 있었다.

"여전히 예쁘네. 옛날보다 훨씬 더 예뻐진 것 같다."

"민경이가 연예계에 데뷔한 지 벌써 6년째야. 오죽 관리를 잘했겠냐."

"여긴 왜 왔을까?"

"몰랐냐. 쟤 여긴 소속이잖아. 며칠 전 신문 보니까 나오더라. 페이스로 이적해서 활동한다고 대문짝만 하게 나왔는데 못 본 모양이네."

"그랬어?"

정말 몰랐다.

그녀가 여기에 있다는 사실을 미리 알았어도 결과는 다르지 않았겠지만 한솥밥을 먹게 될지 모른다는 사실에 천천히 가슴이 뛰기 시작했다.

강민경은 그들을 발견하지 못하고 곧장 사무실과 연결되어 있는 복도를 통해 안쪽으로 들어갔다.

아쉬움이 남았으나 강우진은 고개를 흔들고 그녀에게서 눈을 돌리며 눈을 감았다.

지금은 아니다. 하지만 언젠가는 다시 만나게 될 것이다. 반드시······.

＊　　　　＊　　　　＊

"사장님, 그놈 왔는데요. 보실랍니까?"

"누구?"

"어제 말한 애 있잖아요. 대학로에서 연극한다는 친구."

"벌써 데려왔어?"

"총알같이 움직이라면서요. 형수님한테 잘못하면 맞아 죽는다고!"

"말이 그렇다는 얘기지. 내가 언제 번갯불에 콩 구워 먹듯이 뛰어다니라고 했어. 그런데 정말 괜찮냐?"

"백날 말로 하면 뭐 합니까. 와 있다니까요."

"인마, 나 바빠. 금방 강민경이 올라온다고 연락 왔어. 걔 데리고 방송국 가야 된단 말이야."

"새로운 드라마에 집어넣는다는 거 성사된 겁니까?"

"PD 놈을 열심히 구워삶아서 반쯤 넘어왔다. 오늘은 작가한테 선보이는 날이야. 윤미경은 성질이 지랄 같아서 잘 보이지 않으면 파토를 낼지 몰라. 걔가 노 하면 PD가 아무리 지랄해도 캐스팅이 되질 않잖아."

"윤 작가는 제 식구 챙기는 걸로 유명하죠. 아무래도 샤넬 가방 신상으로 준비해야 될 것 같은데요."

이승환의 말을 들은 윤철욱이 머리를 벅벅 긁었다.

윤미경은 텔레비전 드라마 쪽에서는 대박 작가 중의 한 명인데 회당 대본 비용이 5천만 원을 훌쩍 넘는 여자였다.

드라마의 출연 배우들을 최종 결정하는 것은 PD지만 그 결정 과정에서 막대한 영향력을 행사하는 건 작가였다.

대박 작가들은 자신의 마음에 드는 배우를 직접 골라 PD에게 압력을 행사했는데 대부분은 PD들이 꼼짝하지 못하고 그들의 요청을 들어준다.

드라마를 제작하는 데 가장 중요한 역할을 하는 것이 작가이기 때문이었다.

방송사들은 새로운 드라마를 편성하기 전부터 전쟁을 치른다.

바로 대박 작가들을 잡기 위한 전쟁 말이다.

쓰는 것만으로도 시청률이 확보되는 작가들은 한 손가락으로 꼽을 정도였고 그중 하나가 바로 윤미경이었다.

이승환은 머리를 벅벅 긁는 윤철욱을 향해 스마일 미소를 날렸다.

역시 기획실장. 머리 돌아가는 것 하나만큼은 예뻐죽겠다.

"역시 우리 실장은 똑똑해. 바로 준비해 놔. 오늘 미팅 끝나고 오면 전달해 줘야 된다. 늦으면 약발이 안 먹혀."

"알겠습니다."

"걔네 집 영등포인 건 알지?"

"저보고 가라고요?"

"그럼 누가 가? 설마 나보고 직접 가서 윤미경한테 꼬리치란 거냐? 넌 사장이 물로 보이니?"

이승환이 눈을 부릅뜨자 윤철욱이 언제 그랬냐는 듯 바로 꼬리를 내렸다.

"설마요. 제가 이따가 오후에 준비해서 배달할 테니 염려하지 마십시오."

"진즉에 그렇게 나올 것이지 까불고 있어."

"황공무지로소이다."

"그나저나 그놈 직접 봤다니까 대충 설명해 봐. 연기력이 어때?"

"상품은 좋습니다. 얼굴도 특급이고 연기도 꽤 하더군요. 신인치고는 말이죠. 잘만 키우면 한 가닥 할 것 같습니다."

"그래서?"

"제가 계약하자고 했습니다. 오늘 오라고 한 건 형수님의 높고 높으신 식견을 받아들여 사장님 품으로 그놈을 안겨 드리기 위해섭니다. 잘했죠?"

"너 그거 좀 안 하면 안 되겠냐. 난 네가 그럴 때마다 징그러워!"

"호호호."

"윤 실장 눈이 높은 건 인정하니까 일단 계약해 놔. 마누라한테 보고하려면 직접 봐야겠지만 지금은 바빠서 도저히 안 되겠다. 나중에 인사나 시켜."

"알겠습니다."

　　　　　*　　　　　　　*　　　　　　*

　강우진과 서현탁은 초조하게 기다렸다.

　잠시 기다리라며 사무실 안쪽에 있는 곳으로 향했던 여직원이 나온 지 한참 되었으나 윤철욱은 20분이 지난 지금까지 코빼기도 보이지 않았다.

　길들이기?

　그럴 수도 있고 아닐 수도 있다.

　기획실장이라고 적혀 있는 직책으로 봤을 때 정말 바쁜 걸지도 모른다.

　하지만 강우진의 인상은 점점 우그러들었다.

　자신이 먼저 찾아온 것이 아니라 그가 먼저 찾아와 스카웃하겠다며 이야기해 놓고 무작정 기다리게 하는 건 예의에 어긋나는 짓이라 생각했기 때문이다.

　윤철욱이 나타난 것은 거의 30분이 다 되었을 무렵이었다.

　그는 자신이 늦게 나타난 것에는 아무런 변명조차 하지 않고 그저 불쑥 손을 내밀며 악수를 청했다.

　"왔군요. 잘 생각했습니다."

　"아… 네."

　"그런데 이 사람은 누구죠?"

"제 친굽니다. 같이 연극을 하던."

"아하."

윤철욱의 입에서 뒤늦게 탄성이 흘러나왔다.

강우진의 설명을 듣고 자세히 보다가 코믹스럽게 연기하던 주인공 친구가 생각났기 때문이다.

"반갑습니다. 연극 잘 봤어요. 정말 유쾌하게 연기하더군요."

"고맙습니다."

갑작스러운 그의 칭찬에 얼떨떨한 표정으로 서현탁이 고개를 숙였다.

하지만 그게 다였다.

그는 언제 그랬냐는 듯 서현탁에게서 고개를 돌려 강우진을 바라봤다.

"오늘 온 건 계약하겠다는 의사가 있기 때문이죠?"

"그렇습니다."

"우린 신인이라도 다른 회사와 달리 스타급과 똑같은 계약 조건을 맺습니다."

"계약 조건에 대해서 말씀해 주실 수 있나요?"

"일단 신인이니까 계약금은 지불하지 않을 겁니다. 대신 강우진 씨가 일을 하기 시작하면 수입금의 50%를 줍니다. 우리 회사는 강우진 씨가 일할 수 있는 모든 것, 즉 방송이나 영화, 뮤직 비디오를 비롯해서 광고 등의 출연 스케줄을 잡고 그에 따른 의상과 차량 등을 제공하게 됩니다. 회사에서 떼는 수입금의 50%는 그렇게 쓰입니다. 회사 이익분도 그 중에 포함된다는 거 알고 있으면 좋겠군요. 미리 말하지만 강우진 씨는 신인이기 때문에 일정 수익이 생기기 전까지 차량이 제공되지 않습니다. 물론 전속 매니저도 마찬가지고요."

"계약 기간은 얼마나 되나요?"

강우진이 설명해 나가는 그의 말을 툭 끊으면서 물었다.

윤철욱의 말대로라면 계약금은 물론이고 연예인들이 누리는 기획사의 혜택이 당분간 아무것도 없다는 것을 의미한다.

어쩌면 당연한 일이었지만 나중을 생각한다면 분명히 짚고 넘어갈 필요가 있었다.

강우진이 불쑥 묻자 뭔가 다른 이야기를 하려던 윤철욱이 의외라는 듯 고개를 들었다.

신인으로 들어오는 놈들치고 이런 질문을 하는 경우는 거의 없었기 때문이다.

연예인을 꿈꾸는 신인들은 페이스와 계약하는 것만 가지고도 영광으로 생각하기에 서류를 내밀면 무조건 도장부터 찍느라 바빴다.

"계약 기간은 3년입니다."

"그럼 3년이 지나면 다시 계약할 수 있는 건가요?"

"당연하죠. 하지만 강우진 씨나 페이스, 양쪽 중 하나라도 계약 의사가 없으면 계약은 성사되지 않습니다. 아시죠?"

언제라도 버릴 수 있다는 뜻이다.

하지만 그것은 강우진도 마찬가지였기에 3년이란 기간을 말하자 두말없이 수긍의 뜻으로 고개를 끄덕였다.

그가 알기로 악덕 기획사들은 신인들에게 종신 계약을 요구하거나 10년 이상의 장기 계약을 강요한다고 들었는데 페이스는 탄탄한 기업답게 상식적인 선에서 계약 조건을 말하고 있었다.

"실장님, 한 가지 부탁드려도 되나요?"

"뭡니까?"

"제 매니저는 이 친구가 하게 해주세요. 제가 수입이 생기기 전까지 보수는 필요 없어요. 대신 회사에 충분한 이익이 생기면 이 친구를 제 매니저로 인정해 주십시오."

"그건 조금 곤란한데……."

"부탁드립니다, 실장님."

이것도 서현탁과 사전에 상의한 내용이다.

미래가 불투명한 상태에서 언제까지 연극만 하고 있을 수 없다는 강우진의 강력한 주장이 서현탁을 설득시켰다.

같이 있고 싶었다. 목숨마저 내줄 수 있는 친구 놈과 함께할 수 있다면 어떠한 역경도 이겨낼 수 있을 것 같았다.

강우진의 부탁에 윤철욱의 시선이 흔들렸다.

'페이스'의 매니저는 공채로 뽑은 정식 직원들이 대부분이었기에 회사에서 매달 월급이 지불된다.

물론 특급 스타 연예인들에게는 전속 매니저가 따라붙는 경우도 있지만 대부분이 그렇다는 뜻이다.

원칙에는 어긋나는 일이었지만 강우진과 마주 앉은 후 마음이 동요되었다.

신인.

언제 뜰지 모르는 놈들은 대한민국에 흘러넘치도록 많았다.

하지만 오랜 연예계 생활을 한 감각은 마주 앉은 시간이 지날수록 강우진의 무한한 성공 가능성을 점치게 만들었다.

잘생긴 놈들도 많았으나 이놈은 뭔가 달랐다. 빛이 난다고 할까?

평상시 눈에서 흘러나오는 아련함은 여자의 마음을 녹이기 충분했고 상황이 변할 때마다 움직이는 눈빛은 팔색조처럼 다양한 감정을 뿜어냈다.

목소리는 또 어떤가.

부드러움 속에서 강함이 있고 사람의 영혼을 끌어당길 정도로 매혹적이라 목소리 하나만으로 톱스타에 오른 이병두를 연상시키기에 충분했다.

그랬기에 윤철욱은 마지못해 고개를 끄덕이고 말았다.

지금 당장 페이스에 취직을 시켜달라는 것도 아니고 자신이 성공했을 때 매니저로 써달라는 거니까 회사로서도 손해볼 일은 아니었다.

                    *   *   *

강우진은 '페이스'와 계약을 했어도 연극을 계속해 나갔다.

일이 생겨 연극을 그만둬야 할 때까지란 전제 조건이 붙어 있었지만 '페이스'에서는 3달이 지나도록 가끔 전화만 왔을 뿐 일이 생겼다는 소식이 들리지 않았기에 공연에 계속 참여했다.

강우진은 묵묵히 기다렸다.

다른 신인들은 어떡하든 텔레비전이나 영화 쪽에 출연하고 싶어서 수시로 '페이스'가 있는 논현동에 들락거렸지만 윤철욱의 연락을 받고 사장이란 사람을 만난 다음부터 그는 연극에 충실하며 계속해 왔던 연기 공부에 더 많은 시간을 투자했다.

페이스의 사장은 40대 후반으로 보였는데 후덕한 인상을 가져 옆집 아저씨를 보는 것 같았다.

초조하다는 생각은 하지 않았다.

어차피 하루 이틀에 결판날 일이 아니었으니 내면을 키우며 기다리다 보면 좋은 결과가 있을 것이라 믿었다.

'페이스'와 계약을 했기 때문에 일이 생기면 그만둬야 한다는 말을 하자 단장인 한국영이 당황하는 표정을 숨기지 못했다.

'달려라 로맨스'는 장기 공연에 성공하며 흥행 가도를 달리고 있었지만 강우진과 서현탁의 인기가 한몫했기에 두 사람이 동시에 빠질 경우 문제가 생길 소지가 다분했다.

그럼에도 그는 잠깐의 당황함을 멈추고 축하 인사를 건네주었다.

비상이 정상 궤도에 다시 들어서자 예전에 일했던 배우들이 돌아왔고 대학교를 졸업한 지망생들이 여럿 들어왔기 때문에 그들을 대체할 인력은 남아돌았다.

'페이스'에서 연락이 온 것은 계약이 성사된 후 5달이 지났을 때였다.

윤 실장은 '피앙세'의 뮤직 비디오에 강우진이 출연하게 되었다며 연락을 해왔는데 이틀 후부터 촬영에 들어가니까 극단 일을 정리해 놓으라는 것이었다.

'피앙세'는 2년 전에 데뷔해서 연속으로 2개의 히트곡을 만들어내며 인기를 얻어가고 있는 걸 그룹으로 멤버는 5명이었다.

제15장
뮤직 비디오 Ⅰ

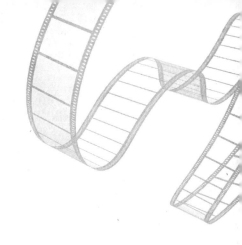

걸 그룹의 뮤직 비디오는 통상 촬영하는 데만 1억 이상이
필요했다.

물론 어떻게 찍느냐에 따라 다르나 지금까지 기획사에서
편성하는 예산은 그 정도가 대부분이었다.

'피앙세'를 키워낸 DS엔터테인먼트 역시 그 범주를 벗어나
지 않았다.

DS가 '피앙세'를 키워내기 위해 투입된 돈은 무려 10억이 넘
었다. 그것도 '피앙세'의 연습 기간이 3년밖에 걸리지 않았기
때문에 가능했지, 다른 회사의 걸 그룹은 20억이 넘게 쏟아부

었다는 소리도 들렸다.

정말 억 소리가 나올 법하다.

하지만 DS 같은 중견 엔터테인먼트는 절대로 그냥 투자하지 않는다.

멤버에게 들어가는 투자 비용을 뽑아내기 위해 걸 그룹이 활동하면서 벌어들이는 돈에서 까나가는 방식으로 원금을 회수하고 이익을 남기기 때문에 멤버들은 한동안 한 푼도 가져가지 못하는 경우가 많았다.

가수들을 보유하고 있는 엔터테인먼트 회사들은 '페이스'처럼 연기자들을 품고 있는 회사와는 확실하게 다른 이익 구조를 가질 수밖에 없는데 그건 이와 같은 이유가 있었기 때문이다.

뮤직 비디오에 투입되는 예산이 적다 보니 스타들을 섭외한다는 건 불가능에 가까운 일이었다.

가수들 중에서 솔로로 오랫동안 활동하며 톱스타의 반열에 오른 사람들은 인맥을 동원해서 무대로 출연하는 경우도 있으나 걸 그룹에게는 해당되지 않기 때문에 그런 일은 그림의 떡이나 다름없어 뮤직 비디오에는 대부분 신인들이 출연했다.

*   *   *

화인영상의 대표이자 감독인 김종인은 뮤직 비디오계에서 독보적인 실력을 자랑해서 일거리가 끊이지 않았다.

그의 영상에는 사람의 시선을 단숨에 잡아끄는 세련미가 있었고 노래의 콘셉트를 제대로 캐치해서 담아내는 능력이 탁월했다.

워낙 인기 있는 감독이라 수많은 엔터테인먼트 회사가 보유한 신인 연기자들을 출연시키기 위해 줄을 댔지만 그는 인맥을 배제하고 철저하게 콘셉트에 맞춰 배우를 출연시키는 까다로운 사람으로 유명했다.

김종인은 촬영감독과 함께 스튜디오에 앉아 3장의 사진을 유심히 내려다보며 생각에 잠겼다.

엔터테인먼트 회사들이 제출한 50여 명의 배우 중 콘셉트와 어울리는 3명을 선발해 놓고 고민하는 중이었다.

"유 감독이 봤을 때 누가 화면발이 받겠어?"

"세 놈 다 괜찮군요."

"이 사람이, 그럼 추리고 추린 놈들인데 안 괜찮겠어. 이 중에 한 놈만 골라보라니까!"

"어차피 사장님이 고를 거잖아요."

"난 이미 골랐어. 그러니까 유 감독도 밥값 좀 해. 내 눈하고 똑같은지 확인해 봐야 될 거 아냐."

"제가 봤을 때 이놈이 제일 괜찮은 것 같네요. 다른 놈들은

그냥 잘생겼지만 이놈은 분위기가 다른데요. 뭔가 애잔하다고
나 할까?"

"그렇지?"

"감독님도 이놈을 고른 겁니까?"

"나도 그렇게 생각했어. 이놈은 뭔가 분위기가 다른 것처럼
보인단 말이야. 화면발은 어떨 것 같아?"

"사진으로 알 수 있나요. 직접 봐야 견적이 나오죠."

"그럼 그쪽에 연락해서 이놈을 보내라고 그래. 직접 보고
화면발 맞춰본 후 결정한다는 조건 확실히 붙여. 괜히 나중에
징징대는 거 꼴 보기 싫다."

"언제 오라고 할까요?"

"차예련 거 마무리하려면 이틀은 걸리니까 수요일 날 오라
고 그래. 그놈이 안 되면 다른 놈도 봐야 되잖아. 그날 안 오
면 다른 데로 넘어간다고 정확히 말해줘."

"신인이 뭐가 바쁘다고 안 오겠습니까. 걱정하지 마십시오."

＊　　　　＊　　　　＊

윤철욱으로부터 뮤직 비디오를 찍게 되었으니 화인영상으
로 가보라는 전화를 받은 후 지하철을 타고 충무로로 향했
다.

옆에는 서현탁이 기뻐죽겠다는 듯 촐랑거리며 따라오고 있었다.

놈은 첫 데뷔전이니까 확실하게 눈도장 찍어야 한다는 소리를 열 번도 넘게 떠들었는데 강우진이 데뷔한다는 게 아직도 믿겨지지 않는 모양이었다.

서현탁은 제대를 한 후부터 강우진을 닮아갔다.

뭔가 목적한 것이 있으면 끝까지 파고드는 강우진에게 배웠는지 '페이스'에서 매니저를 해도 된다는 허락을 받은 후부터 연예인 매니저가 해야 할 일들에 대해 미친 듯이 공부했다.

"여기 있어봐. 내가 어디로 들어가야 되는지 보고 올게."

행동도 빨라졌다.

화인영상이 있는 8층 건물은 상가들로 꽉 들어차 있어 어디가 어딘지 구분이 가지 않았다.

먼저 뛰어가서 입구를 확인한 서현탁이 빨리 오라는 듯 손짓을 했다.

강우진이 갔을 때 서현탁은 이미 화인영상이 어디에 있는지 확인까지 해놓고 엘리베이터의 버튼을 누른 채 기다리고 있다.

"야, 인마. 그렇게 안 해도 돼. 네가 매니저지 비서냐?"

"이건 기본이야. 매니저는 만능이어야 된다고 책에 써 있더라."

"웃기지 말고 다음부터는 그러지 마. 네가 그러니까 미친놈처럼 보여."

"이왕 시작했으니까 열심히 해야지. 가자, 엘리베이터 왔다."

7층에서 내려 화인영상이라는 간판이 달린 문을 열고 들어서자 사무실이 나타났다.

사무실은 제법 컸지만 전부 일을 나갔는지 4명밖에 남아 있지 않았다.

그들이 들어서자 맨 앞에 앉아 있던 여직원이 강우진의 얼굴을 확인하고 대뜸 입을 열었다.

그녀는 대충 봐도 30살이 넘은 것 같았는데 강우진을 바라보는 시선에 놀라움을 담고 있었다.

"강우진 씨 맞으시죠?"

"그렇습니다."

"시간 정확히 맞춰서 오셨네요. 사장님이 안쪽에서 기다리시니까 들어가 보세요."

여직원의 손가락이 안쪽 문을 향해 가리켰다.

비서처럼 먼저 들어가서 보고 하지 않는 걸 보니 그녀는 단순한 직원이 아닌 모양이었다.

사무실을 지나 문으로 갈 때 여직원이 뒤쪽에 있는 남자 직원들에게 말하는 소리가 작게 들렸다.

"뭐 저렇게 잘생긴 친구가 다 있냐. 김 대리, 너도 봤지? 저

게 진짜 사람 얼굴이야?"

*   *   *

굳게 닫힌 문을 열고 들어서자 두 사람이 앉아 있는 것이 보였다.

서현탁은 들어오지 않았기 때문에 강우진은 혼자 두 사람을 향해 정중하게 인사를 했다.

"안녕하십니까. 저는 강우진이라고 합니다."

"왔나. 거기 잠깐 서 있어."

상석에 앉아 있던 사람이 눈을 빛내며 강우진의 몸매를 살폈다.

그런 후 툭 하고 다시 입을 열었다.

"천천히 뒤돌아봐."

하라는 대로 했다.

초면에도 그는 반말을 사용했는데 너무 자연스러워 어색하지 않았다.

눈치로 그가 화인영상의 사장이라는 게 느껴졌기 때문에 강우진은 그의 의도대로 자신의 몸매를 확인할 수 있도록 천천히 우측으로 돌았다.

"와꾸가 훌륭하구만. 됐어, 이리 와서 앉아."

김종인이 강우진을 불러 자신의 옆자리에 앉혔다.

"지금 몇 살이지?"

"24살입니다."

"연극한다면서?"

"예, 대학로에서 '달려라 로맨스'란 연극을 했습니다."

"얼마나?"

"스태프로 3년 일했고 연극을 시작한 지 1년 반 정도 됐습니다."

"음… 그럼 연기 잘하겠군."

"열심히 하고 있습니다."

강우진의 대답을 들은 김종인의 얼굴에서 처음으로 웃음이 슬쩍 피어올랐다.

대답을 하는 태도가 마음에 들었기 때문이다.

"뮤직 비디오에 대해서 알고 있나?"

"솔직히 잘 모릅니다. 며칠 전에 통보받고 공부했지만 많이 부족합니다."

"뮤직 비디오는 대사가 없어. 대신 표정과 행동으로 모든 것을 나타내야 돼. 다시 말해서 연극과는 완전히 다르다는 거야. 유 감독, 시간 없으니까 얘 촬영실로 데려가서 오 분 정도 돌려봐."

"알겠습니다."

김종인의 옆에 앉아 있던 촬영감독이 처음으로 입을 열었다.

그는 강우진이 들어오고 난 후부터 뚫어지게 바라보고 있었는데 무슨 생각을 하는지 알 수 없을 정도로 무표정한 얼굴을 하고 있었다.

*　　　　　*　　　　　*

30분 정도 지난 후 촬영감독이 김종인의 방으로 다시 들어왔다.

그의 손에 들려 있던 노트북에는 동영상 플레이어가 실행된 채 열려 있었다.

"어때?"

"스튜디오에서 찍으니까 또 다르네요. 그놈 물건입니다."

"한번 보자."

김종인의 지시에 촬영감독이 플레이 버튼을 눌렀다.

그러자 환한 조명 아래 서 있는 강우진의 모습이 나타나면서 화면이 클로즈업되었다.

강우진은 스튜디오의 중앙에 서서 여러 가지 포즈와 표정을 짓고 있었는데 각각의 분위기가 전부 달라 보였다.

"이놈 표정이 살아 있네. 커트마다 다 다르잖아."

"그래서 물건이라는 겁니다. 주문하는 표정마다 완벽하게 나타내고 있어요. 더군다나 눈빛이 장난 아닙니다."

"연극을 해서 그런가?"

"그럴 수도 있죠. 확실한 건 다른 신인들과 다르다는 겁니다. 저놈 데리고 일하면 촬영이 무척 쉬울 것 같네요."

"그놈 지금 어디 있어?"

"사무실에서 기다리고 있습니다."

"좋아, 저놈으로 하지. 촬영 날짜 가르쳐 주고 코디한테 의상 콘셉트 맞춰서 준비시켜. 저놈한테 콘티 주고 춤도 연습하라고 해. 아 참, 춤은 괜찮게 춘대?"

"기본은 된다고 해서 잠깐 봤는데 꽤 추더군요. 김 선생 붙여서 안무 가르치면 금방 할 것 같습니다."

"못 하는 게 없는 놈이네. 워낙 몸매가 좋아서 화면발 좀 살겠다."

*   *   *

'피앙세'의 신곡 '질투'는 짝사랑을 앓고 있는 여자가 남자 주변의 여자들을 질투한다는 내용이었다.

중간 템포의 트랜스 곡으로서 화려한 영상미를 보여주기 위해 클럽과 호화로운 식당, 대학 교정이 주 무대로 꾸며진다.

주인공 여자 역은 메인 보컬인 주연정이 맡았고 나머지 멤버들은 각각의 장소에서 강우진과 데이트하는 여자 역할이었다.

물론 중간중간에 군무가 따라붙는다.

신곡을 준비하는 동안 방송 활동을 멈추고 5개월 동안 집중 훈련했기 때문에 다섯 명이 추는 군무는 거의 완벽하게 연습된 상태였다.

드디어 내일이면 촬영이 시작되는 날이었다.

'피앙세'의 멤버들이 합숙 생활 하는 곳은 대현빌라였다.

예전 무명이었던 연습생 시절 때는 원룸에서 두세 명씩 겹쳐 자며 눈물 젖은 빵을 먹었지만 연속으로 히트곡을 생산했고 인기가 올라가면서 이제는 제법 번듯한 숙소에서 럭셔리하게 살고 있었다.

마지막 연습을 끝내고 들어와 샤워를 마친 후 그녀들은 거실에 모였는데 보통 11시까지 수다를 떨다가 자는 게 버릇이되었다.

멤버들의 나이는 고만고만했다.

리더인 주연정이 24살이었고, 23살이 3명, 막내인 이지현이 22살이었다.

만나면 그릇이 충분히 깨지고도 남을 정도로 말이 많을 나이였다.

"언니, 내일 나오는 배우는 누구래?"

"아까 현석 오빠가 그러는데 신인 배우라고 하더라."

"봤대?"

"현석 오빠도 대표님한테 듣기만 했는데 엄청 잘생겼단다."

"우와!"

주연정이 웃으면서 대답하자 물었던 이지현은 물론이고 멤버들이 전부 환호성을 질렀다.

청춘의 즐거움을 뒤로하고 오로지 정상을 향해 달려왔기에 주변에 남자라고는 매니저인 이현석뿐이었다.

물론 방송을 하면서 수없이 잘생긴 배우들과 가수들을 만나봤지만 그저 인사만 하고 지나는 경우가 태반이었다.

그런 마당에 일주일 동안 같이 뮤직 비디오를 찍어야 하는 배우가 잘생긴 신인이라고 하자 멤버들은 들뜬 기분을 숨기지 못했다.

하지만 주연정은 들떠 있는 동생들을 다 잡았다.

"이것들아, 내일이 얼마나 중요한 날인데 남자한테 혹해서 정신을 팔아. 우리가 5개월 동안 연습한 결과가 영상으로 나오는 날이니까 긴장들 좀 해."

"언니, 그 남자 몇 살이래?"

"아휴… 이것이, 24살이란다."

"어머, 어머. 딱 좋아. 한 살 차이면 궁합도 보지 않는 거라고 우리 엄마가 그랬어. 키킥, 내일 기대된다."

서브 보컬을 맡고 있는 신연아가 폴짝폴짝 뛰며 즐거워했
다. 그건 다른 멤버들도 마찬가지였는데 주연정의 말을 콧구
멍으로 들었는지 전혀 긴장하는 기색이 없었다.

"얼씨구, 이것들이 떡 줄 생각도 안 하는데 김칫국 먼저 마
시고 있네."

"누가 떡 먹는데? 그냥 구경만 해도 좋으니까 그렇지."

"호호, 하긴 그건 그래."

결국 주연정도 웃음을 흘리고 말았다.

활짝 웃는다, 모두.

수많은 경쟁자를 뚫고 들어온 여자들이었기에 그 미모가
남달라 한꺼번에 웃자 거실이 밝아지는 것처럼 보였다.

주연정은 웃고 있는 동생들을 바라보며 책임감으로 인해 무
거워졌던 어깨를 활짝 폈다.

멤버들의 마음은 누구보다 자신이 잘 안다.

어린 나이에 연습생으로 들어와 피눈물 나는 훈련을 거치
며 이 자리까지 온 불쌍한 청춘들이었다.

동생들이 이렇게 들뜬 것은 내일 만날 남자 배우와 무슨 썸
씽을 이루겠다는 생각보다 5개월 동안의 고된 훈련이 끝나면
서 가슴을 옥죄었던 긴장과 불안감이 동시에 풀어졌기 때문
이다.

막상 뮤직 비디오를 찍게 되는 순간부터 동생들은 출연하
는 남자 배우와 상관없이 프로 가수로란 본연의 위치로 되돌
아갈 게 틀림없었다.

＊　　　　＊　　　　＊

　'피앙세'의 멤버들은 아침 일찍 빌라로 찾아온 매니저 이현
석의 성화에 부스스 눈을 뜨고 자리에서 일어났다.
　여자들의 외출 준비는 무척 복잡하다.
　그것도 5명이 한꺼번에 움직일 때는 전쟁터를 방불케 할 정
도로 부산할 수밖에 없다.
　한바탕 소동을 거친 후 외출 준비가 마무리된 건 1시간이
훌쩍 지났을 때였다.
　하지만 이건 평소에 비하면 무척 빠른 편이었다.
　오늘은 뮤직 비디오의 촬영이 시작되는 날이었기에 멤버들
이 서둘러서 이 정도에 그쳤지 평소 같았다면 2시간은 꽉 채
웠을 것이다.
　'피앙세'가 뮤직 비디오를 찍는 건 이번이 처음이었다.
　2개의 노래가 연속해서 히트를 치지 못했다면 이런 행운은
꿈도 꾸지 못했을 게 분명했다.
　전속 미용실에 들러 머리와 화장을 마치고 촬영장으로 간

건 11시가 다 되었을 때였다.

이현석이 깨우고 나서 무려 4시간이 흐른 후였다.

첫 촬영장은 낮 시간을 이용해서 빌린 홍대의 클럽이었다.

'질투'의 뮤직 비디오 콘셉트는 4개의 장소에서 강우진과 멤버들이 데이트하는 장면을 차례대로 찍는데 주연정이 그 장면들을 보면서 화내고, 슬퍼하며, 질투한다는 내용으로 채워진다.

그녀들이 홍대에 있는 클럽 '화이트 세븐틴'에 들어서자 엑스트라로 출연하기 위한 젊은이 50여 명이 자리를 차지한 채 쉬고 있는 것이 보였다.

그 모습을 본 막내 이지현이 두리번거리며 의문을 나타냈다.

"아휴, 오빠. 이 정도 가지고 어떻게 뮤직 비디오를 찍어. 숫자가 너무 적은 거 아냐?"

"저 사람들은 무대만 채울 거야. 나머지는 화인영상 측이 실제로 클럽에 가서 촬영해 온단다. 여기서 찍은 거하고 실제 클럽에서 찍은 거하고 합성해서 사실감을 살리는 거지."

"오호, 그렇구나."

이지현이 그때서야 이해된다는 듯 고개를 끄덕거렸다.

따라서 고개를 끄덕거리는 멤버들을 이끌고 이현석이 간 곳은 비디오 촬영을 위해 스태프들과 뭔가를 상의하던 김종인을 향해서였다.

"감독님, 안녕하세요. 얘들아, 인사해. 이번 뮤직 비디오를 책임지는 김종인 감독님이셔."

"안녕하세요. 피앙세입니다."

나란히 늘어선 멤버들이 마치 비행기 스튜어디스처럼 배꼽인사를 했다.

일사불란한 그녀들의 행동은 수없이 연습한 것처럼 절도가 있고 정확했다.

그녀들의 인사를 받은 김종인의 얼굴에서 희미한 웃음기가 피어났다.

파릇파릇하다.

걸 그룹답게 생동감이 넘치고 하나같이 특출 나게 예뻤기 때문에 보는 것만으로도 흐뭇한 마음이 들었다.

"그래, 전부 예쁘네. 연습들은 많이 했고?"

"예……."

"미리 말하지만 난 NG 나는 거 질색으로 아는 사람이니까 가급적 한 방에 가자. 연습한 대로 자신 있게 하면 아무런 문제가 안 될 거야. 화면발은 내가 알아서 잘 잡을 테니까 너희들은 콘셉트에 맞춰서 연기만 잘하면 된다."

"최선을 다하겠습니다."

"하루에 한 콘셉트씩 4일을 촬영할 거야. 그리고 마지막에 우리가 만들어놓은 세트장에서 너희들 춤을 찍으면 그걸로 끝난다. 정확하게 일주일이면 너희들의 아름다운 모습이 담긴 비디오를 볼 수 있게 될 거다. 어때, 신나지?"

"고마워요, 감독님."

"좋아, 그럼 가서 준비들 해."

✽   ✽   ✽

강우진은 클럽에 일찍 도착해서 윤철욱이 붙여준 코디의 도움을 받아 화장을 했다.

약간 그로스틱한 분위기가 날 정도로 진한 화장이었는데 거울을 보자 뇌쇄적인 남자의 향기가 물씬 풍겼다.

윤철욱은 강우진이 도착한 지 10분 후에 클럽으로 들어와 이것저것 필요한 걸 챙겨주고 감독에게 잘 부탁한다는 인사를 한 후 떠났는데 서현탁에게 필요한 게 있으면 즉각 전화하라는 말을 남겼다.

'피앙세'가 들어온 것은 그가 화장까지 마치고 옷을 갈아입은 채 클럽 한쪽 귀퉁이에 마련된 대기실에서 촬영 시작을 기다리고 있을 때였다.

그녀들이 들어서자 클럽이 환하게 밝혀지는 것 같았다.

텔레비전에서만 보던 그녀들의 미모는 직접 보자 더욱 아름다웠다.

"와우, 죽여주네."

"뭐가?"

"하나같이 몸매가 예술이잖아. 얼굴도 예쁘고."

"이놈이 또 쓸데없는 소릴 하고 있네. 너 인화 씨한테 일러 준다."

"내가 뭘 어쨌다고. 인마, 남자가 예쁜 여자를 보면서 칭찬하는 건 본능이야, 본능."

서현탁이 강우진의 협박에 찔끔하며 변명을 댔다.

나이가 2살밖에 차이 나지 않지만 서현탁은 정인화와 사귀면서 꼼짝하지 못했다.

두 사람이 나중에 잘되어서 결혼이라도 한다면 공처가는 정해 놓은 것이나 마찬가지였다.

할 일이 없으니 '피앙세'의 행동에 자연스럽게 눈이 갔다.

매니저로 보이는 사람의 인솔로 감독에게 인사한 그녀들은 그들이 자리한 곳과 반대쪽에 둥지를 틀었는데 여자들답게 깔깔거리는 소리가 멈추지 않았다.

서현탁의 입이 다시 열린 것은 중후하게 보이는 중년 남자가 감독을 향해 걸어가는 것을 본 후였다.

'피앙세'의 멤버들과 노닥거리던 이현석이 부리나케 뛰어가 구십 도로 인사했고 그동안 앉아서 사람들의 인사를 받던 김종인도 자리에서 일어나는 게 보였다.

"야, 우진아. 저 사람이 저쪽 회사 사장인 모양이다."

"응?"

"저 남자 말이야. 쟤들 매니저가 쩔쩔매잖아. 감독도 정중하
게 인사하고."

"그런 모양이네."

"씨발, 쟤들은 직접 사장까지 찾아오는데, 우린 뭐야. 실장
만 잠깐 왔다 가고 사장은 코빼기도 안 보이잖아."

"인마, 쟤들이랑 우리가 같냐? 쟤들은 이제 스타급에 들어
선 애들이지만 우린 초보 중에 왕초보야. 부러워할 걸 부러워
해."

"그건 그렇지만 서운하긴 하네. 우리도 빨리 떠서 저런 대
접을 받아야 할 텐데……."

서현탁이 입맛을 다시며 말꼬리를 흐렸다.

그러는 동안 DS엔터테인먼트의 사장이 감독에게 인사를 마
치고 '피앙세' 쪽으로 가서 격려해 주는 게 보였다.

바쁜 사람은 바쁜 사람인 모양이다.

그 역시 윤철욱처럼 '피앙세'와 잠깐 자리를 하다가 5분도
안 되서 클럽을 빠져나갔다.

"우진아, 우리도 저쪽에 가서 인사해야 되지 않을까. 4일이
나 같이 촬영할 텐데 안면은 터야지."

"그럴 필요 없겠다. 쟤들이 오잖아……."

*   *   *

　이현석은 사장이 자리를 뜨자 멤버들을 단속하면서 서서히 인상을 일그러뜨렸다.

　저쪽에 있는 남자 배우 놈이 '피앙세'가 들어온 지 한참이 지나도 인사하러 오지 않았기 때문이다.

　척 봐도 매니저로 보이는 놈의 행동이 한심했다.

　매니저란 놈이 촬영 준비가 한창 진행되고 있는 상황에서 배우와 나란히 앉아 노닥거릴 새가 어디 있단 말인가.

　자신은 '피앙세'가 무명일 때 PD들의 똥구멍을 따라다니며 갖은 잔심부름을 다했는데 놈은 천하태평이었다.

　지명도로 봤을 때 당연히 놈들이 와서 인사를 해야 했지만 이현석은 멤버들을 자리에서 일으켰다.

　이 비디오는 '피앙세'를 위한 것이었으니 처음부터 인상을 쓰거나 신경전을 벌일 이유가 없었다.

　"가자, 남자 배우가 저기 있으니까 인사나 하고 오자."

　"우리가 가요?"

　"그럼 어쩌겠어. 저놈들이 오지 않는데."

　"그래도 괜히 자존심이 상하는데요. 신인이 먼저 인사를 하는 게 이곳 룰인데 저 사람들 이상하네."

"아무래도 저쪽 매니저 놈이 왕초본가 보다. 이건 우리 밥
상이니까 우리가 이해해 주자고."

이현석이 말을 끝내면서 손짓을 하자 황당한 표정을 짓던
주연정이 먼저 자리에서 일어났고 뒤이어 멤버들이 모두 자리
에서 일어났다.

조명이 켜져 있었기에 멤버들의 눈은 벌써부터 멀리 떨어져
있는 강우진에게 향하고 있었다.

그녀들의 관심은 사장이 떠난 후부터 남자 배우가 누군지
에 집중되어 있었기 때문에 자연스럽게 그의 존재를 찾기 위
해 사방을 스캔했는데 하나씩 시선이 강우진으로 모여졌다.

멀리서 피어나는 아우라.

스태프를 비롯해서 거의 70명이 클럽 안에 들어와 있었지
만 강우진의 몸에서는 은은한 광채가 빛나고 있었기 때문이
다.

이현석이 먼저 걸어가자 엄마를 따라 걸어가는 병아리들처
럼 '피앙세'의 멤버들이 그 뒤를 따랐다.

하지만 그녀들의 대열은 강우진에게 다가갈수록 점점 뭉쳐
졌다.

은은했던 아우라가 가까이 갈수록 진하게 펼쳐지며 그녀
들의 눈을 황홀하게 만들어 대열을 흩어지게 만들었기 때문

이다.

*   *   *

"안녕하십니까. 피앙세 매니저 이현석입니다."

"안녕하세요. 저는 서현탁입니다. 강우진 씨 매니저입니다."

"촬영 시작 전에 인사부터 하는 게 예의일 것 같아서요."

"그렇지 않아도 저희가 먼저 가려고 했는데 손님들이 여러 분 오시는 바람에 타이밍을 놓치고 말았어요. 죄송합니다."

어쭙잖은 서현탁의 변명에 이현석이 쓴웃음을 지었다.

그러고는 강우진을 향해 손을 내밀었다.

"강우진 씨, 잘 부탁합니다. 얘들아, 인사해. 남자 주인공 역할을 맡은 강우진 씨야."

"안녕하세요. 열심히 하겠습니다."

버릇인 모양이다.

풋풋한 걸 그룹답게 그녀들은 자신들과 비슷한 또래인 강우진에게도 습관처럼 배꼽 인사를 했다.

강우진이 당황스러워 얼떨결에 그녀들과 비슷한 모습으로 인사를 하자 어느새 고개를 든 '피앙세'의 멤버들이 깔깔거리며 웃었다.

자신들과 비슷한 행동을 하는 남자의 모습이 웃겼던 모양이다.

"저는 피앙세의 리더 주연정이에요. 촬영하는 동안 우리 잘해봐요. 소통이 중요하니까 저희들이 알아야 할 게 있으면 언제든지 말씀해 주세요."

"알겠습니다. 처음이라 부족한 부분이 많이 있을 거예요. 그래도 여러분의 비디오가 잘될 수 있도록 최선을 다하겠습니다."

주연정이 내민 손을 살짝 잡으며 강우진이 말을 하자 뒤쪽에 서 있던 '피앙세' 멤버들의 표정이 또다시 변했다.

생긴 것도 가슴을 쿵쾅거리게 만들었는데 맑게 흘러나오는 부드러운 음성은 솜사탕을 연상시킬 정도로 기가 막혔기 때문이다.

*   *   *

인사를 하고 돌아온 '피앙세'의 멤버들은 이현석이 일이 있다며 잠깐 자리를 비운 사이에 난리가 났다.

그녀들은 강우진에 대한 품평회를 하면서 잠시도 입을 닫지 않았다.

"정말 대박이네. 저 사람 완전 내 스타일이야."

"키 봤지? 180㎝는 훌쩍 넘겠더라. 난 저 사람 어깨만 보이더라니까. 몸매는 또 어떻고. 쫙 빠진 게 완전히 죽여주잖아."

"목소리 완전 레오 닮지 않았어?"

신연아에 이어 안초영이 바톤을 받았다.

레오는 미국의 팝 가수로 솜사탕 같은 목소리를 가진 불세출의 스타였는데 그녀가 가장 좋아하는 가수였다.

하지만 가장 흥분한 것은 막내 이지현이었다.

"언니야, 난 저 사람이 쳐다보는데 이상하게 움직이지 못하겠더라. 마치 레이저 광선으로 쏘는 것처럼 심장이 터질 것 같았어. 우왕, 뭐 저런 사람이 다 있지!"

"호호호, 너 그러다가 쓰러지겠다. 그건 너무 나간 거 아니니……"

수다의 연속.

한꺼번에 쉴 새 없이 떠드는 소리에 머리가 윙윙거릴 정도로 그녀들의 수다는 멈출 줄을 몰랐다.

그러나 주연정은 동생들의 품평회를 들으며 빙그레 미소를 지은 채 아무런 말도 하지 않았다.

모두 맞는 말이다. 그러나 동생들이 말하지 않은 것도 있었다.

강우진은 하얀 와이셔츠와 검은 바지를 입었는데 단순하게 와이셔츠의 소매를 걷은 것 하나로 클럽과 어울리는 모든 것을 소화해 냈다.

그것뿐만이 아니다.

아주 진한 화장은 아니었지만 본래의 얼굴이 화장에 가렸다는 게 그녀를 아쉽게 만들었다.

화장을 안 한 모습이 궁금했다.

화장 속에 가려진 그의 진면목을 밝은 대낮에 본다면 정말 죽여줄 것 같았다.

그럼에도 강우진의 스타일은 클럽 파트를 찍는데 흠잡을 곳을 찾아보기 힘들 정도로 완벽했다.

만약 저런 남자가 실제 클럽에서 접근해 왔다면 자신은 어땠을까?

자신이 없다. 냉정하게 뿌리친다면 자신은 아마 집으로 돌아가는 내내 가슴을 쥐어뜯으며 후회할 것 같았다.

＊　　　　＊　　　　＊

DJ 역할을 맡은 사람이 음향 장치가 설치되어 있는 단상으로 올라갔고 엑스트라들이 무대에 자리 잡기 시작했다.

감독의 지시에 따라 '피앙세'의 멤버들이 엑스트라 사이사이를 차지했고 강우진과 첫 상대역을 맡은 신연아가 중앙에서 서로를 마주 보는 자세로 섰다.

모든 조명이 꺼진 대신 화려한 사이키 조명이 들어와 무대를 흔들어놓기 시작했다.

이제 감독의 신호에 따라 음악이 흐르면 무대를 차지했던 사람들은 광란적으로 춤을 추기 시작할 것이다.

강우진과 바짝 붙어 있던 신연아는 감독을 바라보며 깊은 숨을 내리쉬었다.

가슴이 설레어 잠시도 가만있지 못하고 손을 조물락거리며 좌우로 눈을 돌렸다.

강우진을 바라볼 수 없었다.

눈이 마주치면 도저히 시선을 떼지 못할 것 같아 두려운 마음이 들면서 심장이 계속 쿵쾅거렸다.

드디어 감독의 손이 올라가면서 촬영 시작을 알리는 사인이 들어왔다.

클럽을 순식간에 장악해 버리는 빠르면서도 경쾌한 음악의 향연.

바로 '피앙세'의 신곡 '질투'였다.

음악이 틀어지는 순간부터 엑스트라로 동원된 젊은이들이 몸을 흔들며 환락을 만들어냈다.

요소요소에 배치되어 있던 '피앙세'의 멤버들도 분위기를 즐기는 젊은 청춘으로 변해서 그들 속에 파묻혔다.

4대의 카메라가 돌아가기 시작했다.

무대를 완벽하게 담아내기 위해 김종인은 4대의 카메라를 동원했는데 1대는 지미집에 달린 고공 카메라였고 나머지는 세 방향으로 나누어 무대를 겨냥하고 있었다.

그중 중앙에 있는 카메라가 주인공인 강우진과 신연아를 집중 촬영 했다.

음악이 돌면서 시선을 피하던 신연아의 눈이 강우진을 향했다.

3년이란 긴 시간의 연습과 또다시 3년이라는 가수 활동을 통해 살아남는 법을 체득한 그녀는 가슴속에 담겨 있던 설렘을 이성 속으로 몰아넣은 후 강우진을 바라보며 고혹적인 미소와 함께 뇌쇄적인 춤을 추기 시작했다.

그녀의 춤은 더없이 클럽에 어울릴 만큼 섹시했다.

남자를 유혹하는 손짓, 그리고 표정, 배꼽이 보이는 의상 등이 모두 합쳐지면서 보는 사람으로 하여금 가슴이 펄떡거리며 뛸 정도의 흥분을 불러일으켰다.

반면 강우진의 춤은 그리 크지 않았다.

그럼에도 신연아의 춤과 교묘하게 조화되며 클럽의 분위기를 끌어 올렸다.

유혹하는 여자에 맞서는 남자의 담대함이 그 춤에 고스란히 담겨 있었다.

바짝 붙어서 움직이는 두 사람의 가슴이 붙었다가 떨어지기를 반복했다.

서로의 숨결이 느껴질 정도로 가까운 거리.

호흡이 맞춰지고 시선이 부딪치며 두 남녀의 춤은 미세한 간극을 둔 채 영원처럼 이어져 나갔다.

하지만 김종인의 컷 사인이 나온 것은 그리 오래 걸리지 않았다.

그는 완벽주의자답게 엑스트라와 '피앙세' 멤버들의 춤과 표정을 수시로 교정시켰고, 강우진과 신연아에게도 다가와 음악에 진행되는 순간마다의 표정 변화를 꼼꼼히 체크했다.

NG를 싫어한다며 한 방에 가자는 그의 말은 그냥 해본 소리였던 모양이다.

수시로 반복되는 컷 사인.

그의 지적은 온갖 미세한 부분마저 그냥 넘어가지 않았다.

DJ가 잔소리를 들었고 엉성하게 춤을 춘 엑스트라는 무대에서 쫓겨나기까지 했다.

2시간이 지났을까.

금방 끝날 것 같았던 촬영은 끝날 기미를 보이지 않았다.

4대의 카메라가 정신없이 촬영했으나 스톱하는 순간마다 꼼꼼히 영상을 체크한 김종인은 잘못된 부분이 발견될 때마다 처음부터 새롭게 촬영을 지시했다.

힘들었다.

무대에 서서 2시간 동안 춤을 춘다는 건 보통 고역이 아니었다.

서서히 몸에서 땀이 흘렀고 스텝도 엉켜가기 시작했다.

텔레비전에서 나오는 뮤직 비디오를 보면서 아름답다는 생각은 했지만 이렇게 고통스러운 과정을 거치리라고는 생각해보지 않았다.

"컷! 지친 것 같으니까 잠깐 쉬었다 갑시다."

김종인이 다시 한 번 컷 사인을 내며 스태프들과 배우들을 향해 소리를 질렀다.

그는 여전히 촬영을 끝낼 생각이 없는 것 같았다.

제16장
뮤직 비디오 II

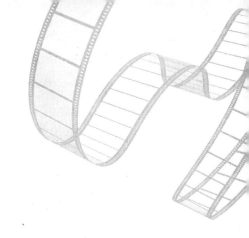

"여기 물 마셔라."

"고마워, 오빠."

이현석이 물병을 날라 와 멤버들에게 주자 대표로 주연정이 인사를 했다.

그녀의 얼굴은 발갛게 달궈져 있었는데 힘든 기색이 역력했다.

강행군이 따로 없다.

김종인은 2시간 만에 휴식 시간을 처음 줬기 때문에 모든 멤버가 힘들어하고 있었다.

"물들 마시고 있어. 도대체 뭐 때문에 이렇게 오래 촬영하는지 가봐야겠다."

"오빠, 저번에 PD님한테 대든 것처럼 감독님 열 받게 하지마라. 그러다 잘려."

"걱정 마. 한 번 당하지 두 번 당하겠냐. 그냥 스케줄 확인하려는 것뿐이야."

이현석이 주연정의 걱정을 뒤로하며 자리에서 일어나 감독이 있는 쪽으로 향했다.

그는 멤버들의 상태가 슬슬 걱정되기 시작한 모양이었다.

이현석이 사라지자 맨 끝에 있었던 이지현이 슬금슬금 신연아 쪽으로 다가왔다.

"언니, 어땠어?"

"뭐가?"

"둘이 바짝 붙어서 춤췄잖아. 기분이 어땠냐고?"

"안 가르쳐 줘."

"아이, 왜?"

이지현이 앙탈을 부리며 바짝 다가서자 신연아가 슬쩍 몸을 뒤로 물렸다.

그러자 나머지 멤버들이 눈을 부라리며 다가왔다.

그녀들 역시 궁금해서 미치겠다는 표정을 짓고 있었는데 말하지 않으면 당장에라도 물리적인 행동을 가할 기세였다.

그랬기에 신연아가 어쩔 수 없다는 듯 입을 열었다.

"떨려서 혼났어. 그 남자 숨소리가 천둥처럼 들려서 미치는 줄 알았어."

"거짓말. 음악 소리가 엄청 컸는데 어떻게 숨소리가 들려!"

"정말이라니까. 바짝 붙어 있었기 때문에 숨 쉴 때마다 따듯한 기운이 내 얼굴에… 아휴."

"연아야, 옆에서 보니까 몸도 부딪치던데 어땠어?"

이번에 나선 건 안초영이었다.

그녀는 신연아의 말을 들으며 마치 자기가 그곳에 있는 것처럼 바짝 긴장한 모습이었다.

"찔끔찔끔했지. 히힛, 가슴이 막 부딪치는데 천국이 따로 없드만."

"아휴, 이 계집애 춤은 안 추고 저 남자 가슴만 느꼈는가 보네."

"너도 해봐, 정말 죽여줘."

"에잇, 아무래도 파트를 잘못 잡은 것 같아. 내가 여기서 저 남자랑 춤췄어야 되는데."

이번에 나선 건 고민정이었다.

그녀는 호텔 식당에서 강우진과 밥을 먹는 장면을 찍기로 되어 있었기 때문에 가슴이 부딪치는 건 꿈에도 생각하지 못했다.

아쉬움이 잔뜩 담긴 표정.

그녀는 정말 신연아가 부러워죽겠다는 표정을 짓고 있었다.

"그런데 말이야. 저 남자 눈빛 정말 강해. 시선이 부딪치는데도 전혀 꿈쩍도 안 하더란 말이지. 처음에는 촬영 때문이었지만 나중에는 일부러 온갖 유혹이 담긴 시선을 던지면서 몸을 부딪쳤는데 전혀 흔들리지 않더라고. 내가 유혹을 덜해서 그런 건가?"

"키킥, 언니야. 옷을 조금 더 벗어봐. 그러면 흔들릴지도 몰라."

"에구, 이것아. 여기서 어떻게 더 벗어!"

"말이 그렇다는 얘기지."

"하여간 끝내줬어. 2시간 동안 춤췄는데도 전혀 힘든지 몰랐거든. 난 오늘 기억 당분간 잊지 못할 것 같아."

*   *   *

휴식 시간이 끝나고 다시 촬영이 시작되었다.

또다시 시작된 열정적인 춤의 향연.

강우진은 자신을 향해 고혹적인 미소를 날리며 시선을 피하지 않는 신연아의 눈을 바라보았다.

달뜬 시선, 무언가를 갈구하는 그녀의 시선이 뜨겁게 느껴졌다.

그러나 강우진은 하얀 미소를 베어 문 채 자신의 역할을 충실히 수행했다.

처음으로 데뷔하는 자리다.

감독이 원하는 표정과 눈빛을 완벽하게 표현하는 것만 생각할 뿐이었다.

김종인의 OK 사인이 들어온 것은 그로부터 한 시간이 더 지난 후였다.

"휴우⋯⋯."

남들 모르게 깊은 숨을 내쉬었다.

내색은 하지 않았지만 3시간 동안 춤을 췄더니 온몸이 뻐근했다.

OK 사인이 들어오자 지금까지 한 마디도 섞지 않았던 신연아가 그를 향해 활짝 웃음을 지었다.

"수고하셨어요."

청아한 목소리다. 가수라서 그런가 발음이 정확했고 감정의 전달이 제대로 전해져 왔다.

얼굴로 올라온 붉은 기운과 달뜬 눈이 그녀 역시 힘들었다는 것을 알려주고 있었다.

그럼에도 그녀는 의연함을 잃지 않았다.

"연아 씨도 수고하셨습니다."

강우진이 신연아를 향해 가볍게 고개를 숙여 인사를 한 후 천천히 김종인이 있는 쪽으로 걸어갔다.

김종인은 촬영을 마무리하면서 보조 감독들에게 뭔가를 지시하고 있는 중이었다.

"감독님, 촬영하느라 수고하셨습니다."

"어, 그래. 너도 수고했다. 오늘 좋았어. 감정 처리가 살아 있더라."

"감사합니다."

"고생했으니까 오늘은 일찍 들어가 쉬고 내일 보자. 내일은 캠퍼스 신이니까 오늘처럼 고생스럽지 않을 거야."

"알겠습니다. 그럼 전 이만……."

정중하게 고개를 숙였다.

지금은 그가 슈퍼 갑이니 어떻게 하든 그의 마음에 들도록 노력해야 한다.

서현탁 쪽으로 걸어가자 물병을 든 채 마주 오는 놈의 얼굴이 활짝 펴 있었다.

"뭐가 그렇게 좋아?"

"뒤에서 들으니까 감독님이 네 칭찬 많이 하더라. 너 덕분에 NG 난 게 거의 없다면서 표정이 살아 있다는 얘기를 계속

했어."

"정말이냐?"

"내가 봐도 멋있어. 우리 언제 진짜 클럽에 한번 가자. 네 덕에 좋은 곳에 가서 한번 놀아보는 게 내 소원이다."

"정화 씨한테 이른다."

"이놈이 치사하게 퍼뜩하면 고자질한다네. 우리 우정이 그것밖에 안 되는 거야?"

"인마, 우정은 나쁜 데 가져다 붙이는 거 아니다."

강우진이 물병을 받아 들고 시원하게 마셨다.

감독이 칭찬했다는 소리를 듣자 기분이 좋아졌다. 첫 촬영에서 감독의 눈에 들었다는 건 신인에게 더할 나위 없이 큰 기쁨이었다.

"현탁아, 오늘 첫 촬영한 기념으로 가볍게 맥주나 한잔하자, 어때?"

"좋지. 그러지 않아도 시원한 맥주 생각이 간절하던 차였다. 내일 촬영이 있으니까 딱 한 잔만 하지, 뭐. 크크크… 맥주 마시며 오늘 촬영했던 얘기 좀 해주라. 뒤에서 보니까 막 부딪치고 그러던데 기분이 어땠는지 생생하게 말해줘."

"얼씨구, 매니저란 놈이 엉뚱한 상상이나 하고 있었구만. 인마, 침이나 닦아. 불쌍하게 보여!"

       *   *   *

'피앙세'의 멤버들은 첫 촬영을 끝낸 흥분을 가라앉히지 못하고 이야기를 멈추지 못하며 밤늦도록 재잘거렸다.

방송에는 수없이 출연했지만 뮤직 비디오 촬영은 근본부터 기분이 달랐다.

더군다나 촬영하는 동안 강우진과 함께하면서 그녀들의 기분은 한껏 올라갔기 때문에 촬영에 대한 기대감이 점점 커졌다.

특히 내일 강우진과 대학 캠퍼스에서 데이트 장면을 찍기로 한 막내 이지현은 쉽게 잠이 들지 못할 만큼 흥분하고 있었다.

다음 날.

이지현은 제일 먼저 일어나 샤워를 하고 바디 크림을 온몸에 바른 후 얼굴 피부를 뽀송뽀송하게 만들어준다는 팩을 했다.

다른 멤버들이 뒤늦게 일어나 부산을 떨면서 준비를 마칠 때까지 그녀는 침대에 누워서 꼼짝도 하지 않았다.

그 모습을 뒤늦게 발견한 주연정이 한심하다는 듯 혀를 찼다.

"이것아, 넌 그런 거 안 해도 돼. 피부가 우리 중에서 제일 좋은데 그게 무슨 짓이니. 너 설마 그 남자 때문에 그러는 거야?"

"아니야, 언니. 나 어제 피곤했던지 얼굴이 거칠어져서 그래."

"얼씨구, 이젠 말도 안 되는 거짓말까지 하네."

"호호, 언니야, 봐주라. 난 정말 오늘 예쁘게 하고 나가야 돼."

"다들 준비 끝났으니까 빨리 옷이나 입어. 현석이 오빠 기다린단 말이야."

"알았어."

주연정의 성화에 이지현이 부랴부랴 얼굴 팩을 뜯어내고 옷을 갈아입었다.

경쾌한 몸놀림.

꿈 많은 소녀 때 DS의 연습생으로 들어와 이날 이때까지 남자를 사귀어본 적이 없었다.

아니, 그 정도가 아니라 아예 남자라고는 구경도 하지 못했다는 게 맞는 표현일 것이다.

그런 와중에 만난 강우진은 그녀에겐 마치 백마 탄 왕자님으로 보였다.

어젯밤 신연아가 침을 튀겨가며 촬영장에서 있었던 일들을 말할 때 질투라는 감정을 처음으로 느꼈다.

부러웠고, 아쉬웠다.

그곳에 그녀가 있었다면 정말 좋았을 것 같은 느낌.

다행스럽게 강우진은 촬영이 끝나자 신연아에게 눈길조차 주지 않고 돌아서서 갔다고 한다.

다른 감정이 없다는 뜻이었다.

무려 3시간 동안 몸을 부딪치며 같이 촬영했는데도 고생했다는 말만 남기고 사라졌다는 것은 그가 신연아에게 여자로서의 어떤 감정도 느끼지 못했다는 걸 알려주었다.

이상형.

그래, 강우진은 이지현의 가슴을 설레게 만들 만큼 이상형에 가까운 남자였다.

그랬기에 그녀는 촬영장이 마련된 대학교로 가면서 결심을 굳혀갔다.

신연아는 한 마디 말도 하지 못한 채 그를 보냈지만 그녀는 오늘 그에게 많은 것을 물어볼 생각이었다.

마침 기회도 좋았다.

캠퍼스에서 데이트하는 장면이었기에 어제처럼 음악이 쿵쾅거리는 클럽과는 달리 이야기할 기회가 자연스럽게 찾아올 것이다.

날씬한 몸매에 어울리는 타이트한 청바지와 가슴을 완벽하게 살린 하얀색 면 티를 몸에 걸치고 지현이 차에서 내리자 스태프들의 눈이 한꺼번에 모여졌다.

그만큼 그녀의 복장은 청순하면서도 보는 이로 하여금 시선을 떼지 못할 정도로 완벽한 몸매를 자랑하고 있었다.

차에서 내린 이지현의 눈이 스태프들에게 인사를 한 후 사방을 향해 돌아가다 한 곳에서 멈췄다.

거기에는 강우진이 서현탁과 함께 이야기를 나누고 있었는데 꽤 많은 여학생이 가던 걸음을 멈춘 채 하염없이 그를 바라보는 중이었다.

*   *   *

캠퍼스에서 데이트하는 장면은 확실히 클럽에서보다 조용한 분위기에서 진행되었다.

그렇다고 촬영이 간단한 건 아니었다.

이번에 동원된 엑스트라의 숫자도 50명이 넘었고 '피앙세' 멤버들까지 조연으로 출연하면서 지나가는 대학생으로 분장했다.

정해진 장소가 아니었기에 카메라의 세팅도 쉽지 않았다.

캠퍼스를 따라 두 남녀가 걸어가는 장면을 찍기 위해 레일을 깔았고 벤치에 앉아 사랑을 속삭이는 장면에서는 3대의 카메라가 동원되었다.

또 하나의 제약은 구경을 하기 위해 몰려온 사람들이었다.

그들은 대부분 대학생이었는데 '피앙세'와 더불어 남자 주인공으로 출연하는 강우진을 보기 위해 떼거리로 촬영장 주변을 가득 메웠다.

토요일이었기 때문에 수업이 없어 대학생들이 많지 않을 거란 예상은 여지없이 빗나갔다.

날은 더없이 화창했고 따스한 햇살이 휴일인데도 대학생들을 캠퍼스로 불러들인 모양이었다.

촬영장 주변이 소란스럽다 보니 감독도 예민해졌는지 준비하는 과정에서 고함이 연달아 쏟아져 나왔다.

그는 촬영 준비가 더뎌지자 스태프들을 향해 날카로운 목소리로 연이어 질책을 하고 있었다.

"날씨 끝내주네. 우진아, 난 대학교에 처음 와봐."

"응, 나도."

"대학교가 좋긴 좋구나. 규모도 어마어마하네. 고등학교와는 비교조차 안 될 정도로 커."

"이 학교가 우리나라에서 둘째가라면 서운하다는 명문이잖아. 그래서 그런지 조경도 잘 꾸며져 있네. 현탁아, 이런 곳에서 공부하면 좋을 것 같지 않아?"

"뭘 그런 쓸데없는 소릴 하세요. 이미 항구에서 배 떠난 지가 언젠데."

"그냥, 캠퍼스를 보니까 공부가 하고 싶어져서 그래. 언젠가 나도 이런 곳에서 공부를 했으면 좋겠다."

"그래라, 나중에 너 스타 되면 입학하기 쉬울 거야. 저거 다 됐네. 우진아, 준비해야겠다. 금방 촬영 들어가겠어."

바위에 앉아 중얼거리던 서현탁이 레일이 완성된 것을 보면서 궁둥이를 일으켰다.

그런 후 옆에서 대기하고 있던 코디를 급하게 불렀다.

＊　　　　＊　　　　＊

감독의 사인에 맞춰 이지현은 캠퍼스를 가로지르며 길게 나 있는 길 한복판으로 나갔다.

그곳에는 어느새 강우진이 나와 있었는데 이번 신은 두 사람이 길을 따라 웃으며 걸어가는 장면이었다.

이지현은 길게 호흡을 해서 긴장감을 떨치고 경쾌하게 강우진을 향해 걸어갔다.

하지만 가까이 갈수록 가슴이 무섭게 떨려왔다.

조명 속에서 보던 것과 또 달랐다.

이번에는 어제와 달리 화장을 연하게 했는데 진한 화장에 가려졌던 이목구비가 뚜렷하게 살아나자 전혀 다른 사람처럼 보였다.

그럼에도 백마 탄 왕자 맞았다.

오히려 조명 속에 있던 것보다 그녀의 눈에는 훨씬 멋있어 보였으니까.

"오빠, 안녕하세요."

보자마자 대뜸 오빠란 호칭을 부르자 강우진이 당황한 모습을 숨기지 못했다.

그만큼 순진하다는 뜻이다.

그랬기에 이지현은 환한 얼굴로 연이어 말을 이어나갔다.

"오늘 오빠 파트너는 저예요. 제 이름 아시죠?"

"지현 씨라고 들었습니다."

"맞아요. 호호… 잘 기억하시네요."

날씬한 몸매가 그대로 드러나는 청바지와 면 티를 입은 그녀가 애교 섞인 웃음을 터뜨리자 주변이 온통 환해지는 것 같았다.

구경을 위해 몰려 있던 남학생들은 그녀가 촬영을 위해 나올 때부터 웅성거리며 탄성을 지르고 있었다.

"우리 무슨 이야기 할까요?"

"예?"

강우진이 무슨 뜻인지 몰라 반문을 하자 그녀의 웃음이 더욱 진해졌다.

"우린 저기부터 저기까지 꽤 오랜 시간 걸어야 한다고요. 그리고 이번 장면 끝나면 벤치에 앉아서 사랑을 속삭이는 연인이 되어야 하잖아요. 감독님이 최대한 사랑스러운 모습으로 대화를 하라고 했다던데 못 들으셨어요?"

"아, 그건 들었습니다."

"오늘 우리 진짜 데이트하는 것처럼 해요. 그래야 화면이 좋게 나오잖아요."

빤히 쳐다보는 그녀의 눈은 별을 닮았다.

단순하게 생각하는 것이 좋다. 그녀의 말에서 어떤 의미를 찾는다면 촬영을 하는 데 지장을 줄 것 같았다.

"그러죠, 오늘 촬영 즐겁게 해요."

*   *   *

감독의 사인이 들어오자 강우진과 이지현은 길을 따라 걸으며 청춘의 낭만이 가득 담긴 화면을 연출했다.

상아탑.

젊은이들을 상징하는 대학교에서의 데이트는 화면에 담겨지는 것 자체만으로도 가슴이 두근거릴 정도의 동경과 추억을 만들어낸다.

그들이 걸어가는 속도에 맞춰 레일 위에 장착된 카메라가 따라붙었다.

"오빠는 대학 안 갔어요?"

"예, 못 갔습니다."

"왜요?"

"공부를 못했거든요."

"호호… 저도 그랬는데."

"지현 씨는 총명해 보여요. 가수 데뷔 때문에 공부를 안 해서 그랬던 거 아닐까요?"

"사실 중학교 때까지는 공부 잘했어요. 오빠 말대로 고등학교 들어와 춤에 빠지면서 공부를 등한시했어요. 그래도 후회하지 않아요. 전 지금이 가장 행복하거든요."

"행복하면 된 거예요. 무슨 일을 하든 행복하다면 삶이 즐겁잖아요. 우리가 부러워하는 저 대학생들도 불행하다고 생각하는 사람들이 있을지 몰라요. 공부는 못했지만 누가 더 행복한지는 나중에, 아주 먼 훗날 결정될 거라 생각해요."

"우와, 오빠 마치 철학자 같아요."

"하하, 그냥 평소 생각을 말한 것뿐이에요."

"그런데 학교 졸업하고 지금까지 뭐 했어요? 난 오빠 처음 봤거든요."

"연극했어요. 졸업하고 계속."

"아… 그랬구나. 그럼 촬영이나 이런 건 처음이겠네요?"

"네, 이번이 처음이에요."

"오빠같이 잘생긴 사람이 이제야 데뷔하다니 안타까워요. 예전에 데뷔했으면 벌써 날렸을 텐데."

"너무 띄우지 마요. 어지러워요."

"호호… 오빠 여자들한테 인기 많았을 것 같아요."

"아뇨. 인기 없었어요."

"말도 안 돼. 거짓말!"

잘 진행되던 촬영이 이지현의 갑작스러운 행동으로 중단되고 말았다.

그녀가 강우진의 대답이 너무 예외였던지 촬영 중이라는 걸 잊어버리고 걸음을 멈췄기 때문이다.

또다시 제자리.

그 후로도 촬영은 미세한 부분들이 지적되며 컷 사인이 반복되었다.

김종인의 완벽주의는 여기서도 멈추지 않았는데 강우진과 이지현은 100m에 달하는 길을 열 번도 넘게 걸어야 했다.

길에서의 신이 끝나고 벤치 신으로 들어오자 두 사람은 바짝 붙어 앉았다.

사랑하는 사람들을 표현하기 위해서는 최대한 붙어야 한다며 손을 잡으라는 지시를 했기 때문에 강우진은 이지현을 거의 끌어안다시피 한 상태에서 그녀의 손을 꼭 잡았다.

남자의 품에 안겼어도 이지현은 조금의 거부감도 보이지 않았다.

아니, 오히려 정말 사랑에 빠져 더없이 행복한 여대생의 모습을 보여주었다.

그랬기에 벤치 신은 순조롭게 진행되었다.

그동안 이지현은 강우진에 관해서 수많은 것을 물어왔다.

가족 관계, 친구들, 좋아하는 취미 등등 별걸 다 질문했는데 단순한 대답에도 재미있다는 듯 계속해서 웃음을 터뜨렸다.

"오빠, 지금 사귀는 여자 친구 있어요?"

촬영 막바지에 나온 그녀의 질문이었다.

이지현이 그동안 움찔거렸던 것은 이 질문을 하기 위한 것 같았다.

강우진은 그녀의 갑작스러운 질문에도 사랑이 가득 담긴 시선과 표정을 흐트리지 않았다.

계속되는 그녀의 행동에서 반드시 나올 질문이라 예상하고 있었기 때문이다.

그녀는 촬영 내내 그의 얼굴에서 시선을 떼지 못하고 해바라기처럼 바라보고 있었다.

"있습니다."

"정말요?"

"아주 착한 사람이 있어요. 나만 바라보는……."

　　　*　　　　　*　　　　　*

4일 동안의 촬영은 힘들었지만 즐거운 시간들이었다.

이제 그의 역할은 끝났고 남은 것은 화인영상에서 만든 예쁜 세트에서 '피앙세'의 군무를 찍는 것뿐이었다.

촬영을 끝내고 다가가자 정리를 하던 김종인이 활짝 웃으며 반겨주었다.

"수고했어."

"감독님 덕분에 무사히 촬영이 끝나서 다행입니다. 그동안 고마웠습니다."

"나중에 촬영 끝나고 비디오 나오면 시사회할 테니까 그때 한잔하지."

"알겠습니다. 불러주시면 당장 달려오겠습니다."

강우진이 정중하게 인사를 하자 김종인의 얼굴에 만족스러운 웃음이 지어졌다.

그는 촬영하는 동안 강우진이 보여주었던 성실함이 한껏 마음에 들었던 모양이다.

"우진아, 넌 꽤 괜찮은 놈 같다."

"예?"

"그렇다고 인마. 표정 연기가 살아 있어서 앞으로 잘될 거야."

"아… 좋게 봐주셔서 고맙습니다."

"내가 부르면 언제든지 와라. 콘셉트에 맞는 작품이 정해지면 부를 테니까 콧대 세우지 말고 오란 말이야. 알겠어?"

"그럼요. 감독님이 부르면 당연히 와야죠."

"가봐. 일주일 후에 보자."

인사를 하고 돌아서는 발길이 허전했다.

첫 작품을 마무리 짓고 떠나는 걸음에는 이제 고생이 끝났다는 시원함보다 앞으로의 걱정이 훨씬 많이 담겨 있었다.

이번 작품에서 그가 받은 돈은 200만 원이 전부였다.

이 중 100만 원은 회사에 들어갈 테니 자신의 통장에는 100만 원이 들어올 것이다.

버스를 타기 위해 걸어가는 동안 아무런 말이 없자 답답했는지 서현탁이 불쑥 물어왔다.

"야, 갑자기 벙어리 됐냐? 왜 홍콩 느와르에 나오는 주인공처럼 인상을 박박 긁고 있어?"

"그냥, 답답해서."

"뭐가 답답한데?"

"앞으로 또 놀 생각하니까 답답하잖아. 그래서……."

"젊은 놈이 참 걱정도 많다. 이제 시작인데 뭔 걱정이야. 일은 또 들어오겠지!"

"현탁아, 이렇게 벌어서 우리 먹고살 수 있을까?"

"지랄한다."

"통장에 백만 원 들어올 거다. 그거 반씩 나누자."

"왜?"

"너도 먹고살아야지."

"인마, 그건 네 첫 데뷔 작품으로 받은 귀중한 돈이야. 기념으로 백만 원짜리 수표로 빼가지고 액자에 걸어서 벽에 척 걸어놔야 한다고. 짜식이 쓸데없는 소릴 하고 있어."

말도 안 된다는 표정으로 서현탁이 소리를 빽 질렀다.

사람인 이상 욕심이 없을 수 없다.

하지만 서현탁은 바보처럼 제 몫을 전혀 생각하지 않고 되레 화를 냈다.

놈은 언젠가부터 또 다른 내가 되어 살아가는 것 같았다. 물론 자신도 마찬가지다.

목숨마저 내어줄 만큼 놈은 내 생명처럼 소중했다.

"크크… 머리 좋은 놈. 그런 건 또 어떻게 생각했대."

"원래 내 머리가 네 머리보다 좋았다. 학교 다닐 때 항상 너보다 내가 최소 2등에서 3등 정도 잘했던 거 기억 안 나?"

"그건 인마, 내가 아예 공부할 생각조차 안 해서 그랬던 거야. 넌 벼락치기라도 했지만 난 잠만 잤잖아."

"장하셔요."

"첫 작품 끝낸 기념으로 어디 가서 맥주나 한잔하자. 네 말대로 처음 번 돈은 벽에 척 걸어놓을 테니 술값은 내가 내는 영광을 주라."

"정말 살 거야?"

"그렇다니까."

"그럼 나 클럽에 데려가 줘. 진짜 클럽에 가서 한번 실컷 놀아보자."

"이 자식아, 너 오늘 나 죽어라고 걸어다니던 거 기억 안 나? 힘들어죽겠는데 무슨 클럽엘 가, 이 미친놈아. 매니저라는 놈이 생각이 없어, 생각이."

"우씨, 그럼 왜 술 사준다고 했어!"

＊　　　　　＊　　　　　＊

연극은 한 번 빠지면 다시 시작하기 어렵다.

이미 자리를 차지하고 있는 배우들을 빼고 다시 들어간다는 건 밥그릇을 뺏는 것과 똑같은 짓이기 때문이다.

그랬기에 강우진과 서현탁은 하릴없이 일주일 동안 빈둥거리며 시간을 보냈다.

그렇다고 무조건 놀았던 것은 아니다.

인터넷에서 영화 대본 시나리오들을 다운받은 후 둘은 반복해서 연습을 했다.

서현탁의 꿈도 연기자다.

지금은 강우진과 함께하고픈 욕심 때문에 매니저를 하고 있지만 그는 하루도 빼놓지 않고 연기 연습을 게을리하지 않았다.

뮤직 비디오가 완성되었다는 소식이 전해져 온 것은 일주일이 지난 수요일 저녁이었는데 다음 날 10시까지 화인영상으로 오라는 초청이었다.

시험을 본 수험생이 결과를 기다리는 것처럼 설레어 제대로 잠을 이룰 수 없었다.

서현탁과 함께 시간에 맞춰 화인영상 사무실로 들어서자 벌써 '피앙세'의 멤버들과 DS 사장을 비롯한 관계자들이 자리를 차지한 채 차를 마시고 있는 것이 보였다.

자신의 설렘보다 그들의 설렘이 훨씬 컸던 모양이다.

하긴 이해가 된다.

첫 뮤직 비디오는 '피앙세'를 홍보하는 가장 중요한 수단이 될 테니 그들로서는 기대가 클 수밖에 없다.

강우진이 들어서자 김종인이 반갑게 맞아주었다.

그는 언제부턴가 강우진을 향해 호의를 숨기지 않고 있었다.

사람들이 모두 모이자 드디어 스튜디오에 설치된 화면에서 뮤직 비디오가 흐르기 시작했다.

먼저 주연정이 나타나 '질투'의 첫 소절을 부른 후 곧이어 클럽 장면이 나왔는데 젊음의 열기가 적나라하게 드러난 화면은 강우진과 신연아의 세련된 춤이 조합되면서 생동감으로 가득 차 있었다.

그리고 계속되는 데이트 장면은 한 폭의 아름다운 그림처럼 화면을 수놓으며 영화처럼 관객의 시선을 잡아끌었다.

그러나 영상의 백미는 마지막 장면이었다.

마지막 정지 화면으로 강우진의 모습이 나타나면서 사랑을 원하는 여자의 독백이 내레이션으로 흘렀다.

강우진은 의자에 홀로 앉아 먼 하늘을 바라보고 있었는데 푸른 하늘과 더불어 펼쳐진 들판과 함께 화면을 가득 채우며 점점 멀어지는 장면이었다.

뮤직 비디오가 끝나자 사람들의 박수 소리가 스튜디오를 가득 채웠다.

많은 비디오를 봤지만 이렇게 잘 만든 비디오는 처음이라며 DS의 사장은 만족감을 숨기지 못했다.

이제 내일부터 이 뮤직 비디오는 방송과 인터넷은 물론이
고 수많은 매개체를 통해 전 국민들에게 선보일 것이다.

　과연 어떤 결과가 벌어질까?

제17장
반응

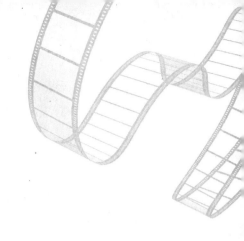

'피앙세'는 신곡 '질투'의 뮤직 비디오 발매와 함께 본격적인 활동에 들어갔다.

DS엔터테인먼트의 대표 신기성은 '피앙세'의 연타석 홈런을 위해 회사의 사활을 걸고 뛰어다니며 각종 음악 프로그램과 예능 프로그램의 PD들을 만났다.

세상에는 공짜가 없지만 어느 정도 인기를 얻은 후에는 일하기가 훨씬 편해지는 법이다.

신인들과 달리 '피앙세'는 연달아 2곡을 히트시키며 상당한 인기를 얻고 있는 걸 그룹이었기에 신기성이 직접 뛰어다니며 로비를 하자 반응이 금방 왔다.

제일 먼저 섭외가 된 것은 TEN의 대표 음악 프로그램 '위크앤드 뮤직쇼'였다.

'위크앤드 뮤직쇼'는 토요일에 방송되는 프로그램으로서 한 주 간의 인기를 측정해서 순위를 정하기 때문에 음악 관련 기획사들에게는 엄청난 영향력이 있었다.

하지만 신곡이 '위크앤드 뮤직쇼'에서 방송되는 건 하늘의 별을 따는 것처럼 어려운 일이다.

가요 순위 프로그램이란 특성상 신곡을 노래하는 건 특별한 경우가 아니면 배정하지 않기 때문에 신기성의 로비력이 아니었다면 '피앙세'가 이곳에서 노래한다는 건 불가능한 일이었을 것이다.

'피앙세'가 신곡 발표로 인해 활동을 중단한 후 5개월 동안 준비한 군무가 펼쳐지자 관객석에 있던 남자들이 연신 휘파람을 불어댔다.

강렬한 비트와 어울리는 완벽한 동선의 연속.

개인의 역량보다 5명의 멤버가 화려하게 펼쳐내는 섹시한 춤의 향연은 단숨에 관객석을 흔들어놓았다.

데뷔에서 보여준 그녀들의 특별한 춤과 노래의 비트는 대중을 환호케 만들 정도로 충분히 매력적이었다.

그때부터 '피앙세'는 정신없이 바빠지기 시작했다.

공영 방송인 YCN은 물론이고 JYN의 음악 프로그램에 연달아 출연했고, 종편에까지 섭외가 왔기 때문에 즐거운 비명이 흘러넘쳤다.

계속되는 텔레비전 활동으로 인해 '질투'의 인기도가 올라가면서 뮤직 비디오의 조회수가 급증하기 시작했다.

인기도를 단박에 알아낼 수 있는 방법으로 뮤직 비디오의 클릭 수만큼 정확한 것은 없었다.

*　　　　　*　　　　　*

김지영은 동생인 김희영과 함께 컴퓨터를 켰다.

2살 차이밖에 나지 않기에 두 자매는 친구처럼 지냈고 방도 같이 쓰는 사이다.

두 사람이 동시에 컴퓨터에 앉은 건 김지영이 데이트할 때 입어야 한다면서 동생에게 원피스를 골라달라고 주문했기 때문이다.

인터넷에는 잘만 고르면 싸고 좋은 옷들이 수도 없이 많다.

매장에 들어가는 비용을 줄일 수 있기 때문인데 어떤 옷은 백화점에서 사는 것의 반값으로도 구매가 가능했다.

두 자매는 여러 개의 인터넷 쇼핑몰에 들어가 2시간이 넘도록 예쁜 옷을 고르면서 시간을 보내다가 마지막 순간 검은

색 바탕에 하얀 레이스가 들어간 원피스를 주문했다.

"정말 예쁘다. 언니, 이 옷 잘 산 거 같아."

"호호, 나도 마음에 든다. 역시 좋은 물건은 손품을 팔아야 된다니까."

"민석이 오빠하고 3년 사귀었지?"

"응."

"혹시 프러포즈 같은 거 할 기미 안 보여?"

"…아직."

동생의 질문에 김지영의 표정이 슬그머니 어두워졌다.

그녀의 나이 벌써 서른.

유민석과 3년 전에 만나 사랑을 키워왔지만 그는 아직까지 프러포즈할 생각이 없는 것 같았다.

가슴이 조금씩 타들어갔지만 내색하지 않고 버텼다.

언젠가 그의 입에서 달콤한 사랑의 프러포즈가 나올 거란 기대를 하면서.

동생인 김희영이 어두워진 언니의 표정을 보면서 위로를 했다.

"아직 민석이 오빠가 준비되지 않은 모양이다. 하긴 입사한 지 얼마나 됐다고 결혼을 생각할 수 있겠어. 요즘 남자들 장가가기 힘들다고 난리잖아."

"할 수 없지, 뭐. 기다려야지."

"그래도 모르니까 오늘 산 옷 예쁘게 입고 나가. 토요일 데이트에 그 옷 입고 나가면 민석 오빠 눈이 휘둥그레질걸?"

"그럴까?"

"언닌 몸매가 예뻐서 무척 잘 어울릴 거야. 남자는 애인이 예쁘게 하고 나오면 입이 찢어진다니까. 혹시 알아, 그때 프러포즈할지?"

"그만해, 애. 말만 들어도 가슴 설렌다."

김지영이 마우스를 클릭해서 쇼핑몰을 빠져나왔다.

그러자 포털 사이트의 홈이 화면에 떴는데 상단 광고에 '피앙세'의 신곡 질투의 뮤직 비디오가 걸려 있는 게 보였다.

"와아, 요새는 노래도 홍보를 하네."

"쟤들 이번에 나온 노래 좋더라. 내가 저번에 음악 프로그램에서 봤는데 죽여줘. 언닌 못 들어봤어?"

"응. 난 처음 알았어."

"한번 보자. 이거 뮤직 비디오인가 봐. 애들 춤 정말 섹시하더라."

김희영이 상단에 걸려 있는 뮤직 비디오를 클릭하자 화면이 바뀌면서 잠시 어두워졌다가 갑자기 전체 화면에 '피앙세'의 다섯 멤버 얼굴이 클로즈업됐다.

그런 후 곧 빠르면서도 어딘지 모르게 소프트한 느낌의 전주곡이 흘러나왔다.

솔로로 시작된 노래가 화면이 바뀌면서 열정적으로 춤추는 남녀의 모습이 보였다.

춤에 흠뻑 빠진 사람들, 그리고 그 중앙에서 춤에 몰두하고 있는 두 남녀.

두 남녀는 춤을 추면서 서로의 시선을 바라본 채 수많은 감정을 나누고 있었는데 보는 것만으로도 분위기에 매료되어 자신이 그곳에 있는 것 같은 착각을 불러일으켰다.

특히 여자를 바라보는 남자의 눈빛은 무심함과 시크함이 흘러넘칠 정도로 강렬해서 김희영은 자신도 모르게 탄성을 질렀다.

곧 화면이 바뀌면서 캠퍼스가 나타났다.

같은 남자에 다른 여자.

아마 멤버들이 돌아가면서 질투의 콘셉트에 맞춰 촬영을 한 것 같았다.

분위기가 백팔십도로 바뀌었다.

클럽에서는 마초적인 분위기를 보여주었던 남자 주인공의 이번 모습은 부드러움이 한껏 담겨 달달함이 화면 밖에까지 튀어나올 정도였다.

비디오가 진행될수록 두 자매의 입이 점점 벌어졌다.

그리고 마지막 장면에서 기어코 두 눈을 질끈 감고 말았다.

클로즈업되어 나타난 강우진의 모습에서 그녀들은 사랑에

실패하고 슬퍼하는 남자의 진한 고독에 흠뻑 빠져 버렸다.

애잔하고도 슬픔 속에 있는 남자의 모습.

잘생긴 남자다. 그러나 그냥 잘생겼다고 말하기에는 뭔가 특별함이 담겨 있었다.

그저 먼 하늘을 바라보는 것만으로도 가슴을 아프게 만들어 버리는 남자의 모습은 오랜만에 그녀들을 감성의 바다를 헤매게 만들었다.

"우와, 저 남자 누구냐?"

"나도 처음 봐. 그런데 정말 잘생겼다."

"잘생긴 건 둘째 치고, 눈빛 좀 봐. 그저 가만히 앉아 있는데도 난 소름이 끼쳤어."

"신인 배운가? 확인해 봐야겠다. 도대체 어디서 튀어나왔는지 확인해야겠어."

*   *   *

요즘 노래는 대중들의 반응이 예전과 비교할 수 없을 정도로 빠르다.

대신 인기가 죽는 속도 역시 총알처럼 빨라 옛날처럼 몇 주씩 정상을 차지하는 경우가 하늘의 별 따는 것처럼 어려웠다.

'피앙세'의 신곡 '질투'가 각종 음악 프로그램을 석권하기 시작한 것은 발매 후 불과 한 달도 지나지 않았을 때였다.

한마디로 대박이 터졌는데 '질투'가 정상에 오르면서 '피앙세'는 몸이 열 개라도 모자랄 정도로 바빠졌다.

DS의 사장 신기성이 JYN의 예능 프로그램 '한밤의 스타'를 맡고 있는 유호준에게 전화를 받은 건 SHC의 음악 방송 '뮤직 월드'에서 '피앙세'가 1위를 차지하는 장면을 지켜보고 있을 때였다.

"아이고, 유 PD님, 주말에 어쩐 일이십니까?"

—사장님, 요새 즐거우시겠습니다. 피앙세가 황금 박을 확실하게 터뜨려 주었더군요.

"하하하… 살다 보니까 이런 날도 있네요. 제가 잘해서 그런 거겠습니까. 모두 유 PD님을 비롯해서 많은 분이 도와주셨기 때문에 생긴 일이지요."

—여전히 겸손하시네요.

"저는 헛소리 절대 안 하는 사람입니다. 언제 술 한잔하시죠. 그동안 도와주신 거 보답도 해야 되고……."

신기성이 슬쩍 말끝을 흐렸다.

대화를 하는 기법.

말끝만 흐리는 것 가지고도 유호준은 금방 무슨 뜻인지 알아들을 것이다.

돈을 버는 족족 제 주머니에 챙기는 놈은 사업할 자격이 없다.

여유가 생겼을 때 나눠 먹어야 나중에 어려울 때 도움을 받을 수 있기 때문이다.

하지만 유호준은 잠시 말을 멈추었다가 다른 말을 꺼냈다.

유호준은 JYN의 예능국에서 잘나가는 고참 PD였기에 신기성의 의도가 무엇인지 정확하게 알았을 텐데 거기에 대해서 빈말이라도 고맙다는 말조차 하지 않았다.

―그래서 말인데요. 사장님한테 부탁 하나 했으면 하는데 괜찮으시겠습니까?

"유 PD님 부탁이라면 어떤 거라도 해야죠. 무슨 일인지 말씀해 보시죠."

―다음 주 수요일에 '한밤의 스타' 녹화가 있습니다. 거기에 피앙세를 출연시켰으면 해서요.

"그건⋯⋯."

죽는 시늉이라도 할 것 같았던 신기성의 이맛살이 잔뜩 구겨졌다.

다음 주 수요일에는 한성기업 40년 창립 기념 축제가 있는 날로 '피앙세'가 출연하기로 되어 있었다.

국내 굴지의 대기업답게 '피앙세'를 섭외하면서 그들은 칠천만 원이란 거금을 내놓았다.

3곡을 부르는 조건이었으니 파격적인 제의다.

신기성이 즉답을 하지 않고 말꼬리를 흐리자 유호준의 목소리가 슬그머니 올라갔다.

─왜요, 안 되겠습니까?

"그럴 리가 있나요. 유 PD님이 불러주시는데 불구덩이라도 뛰어들어야죠. 피앙세를 예쁘게 봐주셔서 감사합니다. 이렇게 저희를 도와주시니 고마울 따름입니다."

─혹시 다른 스케줄 있는 것 아닙니까. 그렇다면 억지로 오실 필요는 없어요.

"아닙니다. 그날은 텅텅 비어 있습니다. 걱정하지 마십시오."

─하하… 다행이군요. 그럼 수요일 2시까지' 보내주시기 바랍니다. 날 잡아주시면 제가 술 한잔 사겠습니다.

신기성이 항복하자 그때서야 유호준의 입에서 웃음소리가 새어 나왔다.

전화를 끊은 신기성이 입술을 깨물었다.

행사 약속을 깼으니 수습해야 되는 일이 깜깜했지만 어쩔 수 없는 일이다.

유호준의 제의를 거부했을 때 발생할 일에 비하면 그 정도는 아무것도 아니었기 때문이다.

*　　　　　*　　　　　*

'한밤의 스타'는 최근 인기를 끌고 있는 스타들을 초대해서 대중들의 궁금증을 대신 해결해 주는 토크쇼로 국민 MC로까지 불리고 있는 유명석과 3명의 패널이 진행했는데 방송 시간은 금요일 황금 시간대인 오후 9시였다.

유명석이 중심에서 진행하고 인기 개그맨 김구영과 정문기, 아이돌로 소녀 팬들을 이끌고 있는 민영훈이 보조를 하는 시스템이었다.

물론 그들의 토크는 작가들이 미리 준비한 순서에 의해 진행되지만 대부분 유명석의 촌철살인 유머와 김구영, 정문기 간의 호흡으로 이뤄지며 한참 인기 절정을 달리고 있는 중이었다.

주연정을 비롯해서 '피앙세'의 멤버들이 '한밤의 스타' 스튜디오에 들어서자 녹화가 곧장 시작되었다.

이미 질문 내용을 받았기 때문에 멤버들은 자신들에게 물어올 것에 대한 대답을 숙지하고 온 상태였다.

PD의 사인이 들어오자 메인 MC인 유명석이 날아갈 듯한 멘트를 날리기 시작했다.

"안녕하십니까, 시청자 여러분. 오늘은 오랜 휴식을 끝내고 최근 들어 엄청난 인기를 끌고 있는 대한민국의 섹시녀들 '피앙세'를 모셨습니다. 박수!"

시작부터 혼자 북 치고 장구를 쳤다.

하여간 분위기를 끌어 올리는 데 유명석처럼 뛰어난 능력을 가진 사람은 보기 힘들다.

"가까이서 보니까 화면보다 훨씬 예쁘네요. 연정 씨, 혹시 그런 얘기 들어본 적 없습니까?"

"무슨 얘기요?"

"화면보다 실물이 예쁘다고 방금 말했잖아요!"

주연정이 말귀를 못 알아듣고 반문하자 유명석이 눈을 부라리며 소리를 버럭 질렀다.

하지만 얼굴에 웃음기를 잔뜩 머금고 있어 좌중에 있던 사람들이 동시에 박장대소를 터뜨렸다.

시작하자마자 연속해서 분위기를 끌어 올리는 그를 향해 보조 MC들이 살살 하라며 군불을 지폈다.

"얘기해 봐요. 연정 씨는 화면보다 실물이 훨씬 낫단 소리 많이 듣죠?"

"아니에요. 전 화면이 훨씬 예쁘게 나와요."

"흐흐흐… 사실은 나도 그렇게 느끼고 있었어요."

이상한 웃음을 흘리며 유명석이 낄낄대자 MC들의 비난이 난무했다.

그럼에도 유명석은 좌중의 반항을 일거에 제압하고 질문을 시작했다.

"이번 곡이 질투라는 곡인데 빠른 템포를 가지고 있으면서도 애잔함이 녹아 있다는 평이 있더군요. 거기에 대해서 어떻게 생각하세요?"

"아무래도 여자의 질투에 관한 내용이다 보니까 그런 감정이 들어 있는 것 같아요. 처음으로 시도된 장르인데 너무 사랑을 받게 되어서 정말 기뻐요."

"요즘 각종 차트를 석권하고 있는데 바쁘지는 않나요?"

"눈코 뜰 새 없이 바쁘게 지내고 있어요."

"연정 씨가 제일 나이가 많죠?"

"호호… 네, 제가 24살이고 나머지 멤버들이 23, 막내인 지현이가 22살이에요."

"옛날이면 노처녀네. 그렇게 바빠서 데이트는 어떻게 합니까?"

"아직 남자 친구가 없는걸요."

미리 준비한 대답이지만 사실이기도 했기에 주연정이 웃으며 대답했다.

그때부터 유명석과 패널들의 질문이 폭주하기 시작했다.

'질투'에 사용되는 섹시 춤의 준비 과정에 대해 물었고 군통령이라고까지 부르며 군인들에게 인기를 얻고 있는 사실에 대한 소감을 물었다.

전부 질문지에 있는 내용들이었기 때문에 MC들의 농담 속에서 유쾌하게 대답할 수 있었다.

하지만 그녀들이 준비하지 못한 질문들이 쏟아지기 시작한 것은 촬영 도중 뮤직 비디오가 틀어진 후부터였다.

의외의 상황.

프로그램에서 뮤직 비디오 전체를 트는 것은 거의 없는 일이었는데 '한밤의 스타'에서는 피앙세의 뮤직 비디오 '질투'의 전체 영상을 고스란히 방영했다.

뮤직 비디오가 끝나자 유명석의 본격적인 심문이 시작되었다.

"질투란 곡이 이렇게 인기를 끈 것은 지금 상영된 뮤직 비디오가 한몫 단단히 했다고 하던데 어떻게 생각하세요?"

"저희들도 나중에 보고 정말 잘 만들었다고 생각했어요."

"지금 질투의 뮤직 비디오 클릭수가 300만을 넘은 건 알고 있나요?"

"그렇게나 많아요? 저희들은 처음 들었어요."

"지금 인터넷에서는 피앙세의 뮤직 비디오 때문에 난리가 났더군요. 정말 아름다운 영상이라며 호평을 받고 있어요. 축하합니다."

"고맙습니다."

"그런데 말이죠. 그 남자는 누굽니까?"

유명석이 의미심장한 미소를 띠며 묻자 주연정 역시 비슷한 웃음을 만들었다.

"그분은 강우진 씨예요. 신인 배운데 주로 연극을 했다고 들었어요."

"아하, 연극 배우였군요. 아시는지 모르겠지만 질투의 뮤직비디오는 여자분들의 클릭이 유독 많았다는 분석이 나오더군요. 바로 이 남자 때문이라는데 실제로 보니까 어땠던가요?"

"호호… 화면에 나온 것보다 실물이 훨씬 더 잘생겼어요."

"저기 영훈 씨보다도 말이죠?"

유명석이 갑자기 민영훈을 가리키며 돌발적인 질문을 했다.

민영훈은 특급 아이돌 그룹 '전설'의 멤버로 수많은 소녀 팬을 보유한 스타였는데 워낙 잘생겼기 때문에 PD가 프로그램의 성공을 위해 사정사정해서 패널로 앉혔다.

유명석의 손가락을 따라 주연정의 눈이 민영훈에게 향했다.

가수 세계에서는 선배였고 어릴 적 우상으로 여길 정도로 민영훈을 좋아했던 그녀가 대답을 하지 못한 채 우물거리자 개그맨 정문기가 대답을 재촉했다.

"왜 대답을 안 하세요. 설마 영훈 씨보다 잘생겼다고 말하려는 건 아니죠?"

"영훈 오빠는 제 우상이에요. 어릴 때부터 동경하며 좋아해서 이름만 들어도 가슴이 설레어요. 하지만 잘생긴 건 그 사람을 따라가지 못할 것 같아요."

폭탄선언이다.

매니저인 이현석이 옆에 있었다면 이런 대답을 하게 만들지는 않았을 테지만 갑작스러운 질문에 주연정은 망설임을 멈추고 그녀의 속마음을 그대로 드러냈다.

그녀의 대답에 유명석을 비롯한 패널들이 난리를 피웠다.

정문기는 우는 표정으로 민영훈을 바라보며 킥킥거렸는데 이 상황이 너무나 재미난 모양이었다.

반면에 민영훈은 멋쩍은 표정을 숨기지 못하고 머리를 긁었다.

태어나서 외모를 비교당하며 굴욕을 당한 적이 한 번도 없었는데 전 국민이 지켜보는 앞에서 망신살이 뻗치자 웃고는 있지만 얼굴은 어느새 붉어져 있었다.

한바탕 폭소가 끝나자 이번에 나선 것은 김구영이었다.

어느새 배경 화면에는 뮤직 비디오 중 클럽에서 춤추는 장면이 나와 있었는데 강우진과 신연아가 두 눈을 마주치며 역동적으로 움직이는 모습이었다.

"연아 씨, 혹시 클럽에서 남자와 춤춰본 적 있어요?"

"아뇨, 저는 바빠서 한 번도 클럽에 간 적 없어요."

"에이, 요즘 젊은 친구들은 기본적으로 놀러가는 곳이 클럽인데 한 번도 간 적이 없단 말이에요?"

"그러니까 불쌍하죠. 그래서 이번에 클럽 장면을 찍으면서 결심했어요. 나중에 시간 나면 꼭 한번 가볼 생각이에요."

"그때 저런 남자가 척하고 나타나면 어쩌죠?"

"호호, 그렇다면 같이 춤춰야죠. 저런 남자가 나타났는데 그냥 도망갈 수 없잖아요."

"저 남자 강……."

김구영이 이름을 기억 못 했는지 급히 서류를 뒤적거리자 신연아가 급히 입을 열었다.

"우진 씨요, 강우진 씨."

"아, 예, 강우진 씨. 그런데 저런 타입 좋아합니까? 눈빛이 시크한 걸 보니까 나쁜 남자의 전형 같은데?"

"음… 전 괜찮아요. 워낙 스타일이 좋아서 촬영하는 내내 심쿵했거든요."

활짝 웃는 신연아의 얼굴에서 진심이 느껴졌기에 김구영이 입술을 끌어 올리며 어이없다는 표정을 지었다.

'한밤의 스타'의 패널로 출연한 지 2년이 넘는 동안 꽤 많은 걸 그룹과 여자 연예인들을 만났지만 오늘 '피앙세'처럼 자신의 속마음을 그대로 드러내는 경우는 처음이었기 때문이다.

이번에는 화면이 바뀌며 벤치에서 강우진에게 안겨 있는 이지현의 모습이 나타났다.

더없이 행복해 보이는 웃음.

화면에 담겨 있는 이지현의 웃음은 사랑에 빠져 있는 여대생의 모습이 고스란히 전해지고 있었다.

"지현 씨, 저건 어떤 장면입니까?"

"감독님 지시에 따라 사랑하는 연인을 표현한 거예요."

"내가 봤을 때 저 모습은 연기가 아닌 것처럼 보여요. 지현 씨는 가수가 아니라 배우를 해도 되겠어요. 어떻게 저런 사랑스러운 표정을 지을 수 있죠?"

"그게요… 저 사람 품에 안기니까 자연스럽게 저런 웃음이 나왔어요."

"푸핫, 자연스럽게?"

"우진 씨가 절 보는 거 보세요. 저런 눈길을 받으면서 저도 여잔데 어떤 기분을 느꼈을 것 같아요? 휴… 정말 설레서 죽는 것 같았단 말이에요."

이지현이 과장되게 화면을 바라보며 말을 이어나갔다.

그녀가 가리킨 화면에는 하얀 이를 드러낸 채 더없이 사랑스러운 미소를 짓고 있는 강우진의 얼굴이 클로즈업되고 있었다.

*   *   *

강성두의 일과는 정숙영이 식당 일을 그만두면서 훨씬 안정적으로 변했다.

하루 종일 일하고 들어와 밥상을 차렸지만 아내가 집에서 저녁밥을 해놓자 퇴근하는 것이 즐거워졌다.

강우진이 준 돈으로 은행 융자를 반이나 갚았기 때문에 어깨도 훨씬 가벼워졌다.

더 갚을 수도 있었지만 2천만 원은 강우진의 말대로 강우성의 대학 입학 비용을 충당하기 위해 남겨두었다.

그것만으로도 충분했다.

가슴을 옥죄어오던 은행 원리금에 대한 부담이 줄어들자 일이 힘들다는 것을 잊어버릴 정도로 힘이 불끈 솟아났다.

샤워를 하고 아내가 끓여준 된장찌개와 함께 밥을 먹은 후 뉴스를 봤다.

정숙영은 그동안 떨어져 있던 것이 억울한지 그가 들어오면 항상 붙어 앉아 도란거리며 이야기하는 것을 좋아했다.

8시 뉴스를 하는 동안 강성두는 아내와 함께 의견을 나누기도 하고 나쁜 뉴스가 나오면 화도 내면서 시간을 보냈다.

9시가 넘어가자 강성두가 시계를 보면서 불쑥 입을 열었다.

"우진이는 오늘도 극단에 갔어?"

"연기 연습 하는데 거기가 제일 편하대요. 현탁이 사촌 형이 거기 사장이라서 연습하라고 장소를 준 모양이에요."

"그래도 오늘은 늦네."

"오늘은 극단 사람들하고 같이 회식을 한다고 했어요. 일은 그만뒀지만 사장이 아직도 한식구라고 여기나 봐요."

"괜찮은 사람이군. 하긴, 우진이가 얼마나 열심히 했어. 그러니까 그런 대접을 받아도 돼."

"이 양반은 항상 우진이 편만 들어."

"그럼 아니라는 거야?"

"누가 그렇데요. 그래도 남들 보는 앞에서는 그렇게 말하지 마요. 자식 자랑 하는 푼수로 본다고요."

"허허⋯ 그런가?"

강성두가 너털웃음을 짓자 정숙영이 리모컨을 들었다.

조금 있으면 그녀가 좋아하는 목금 드라마가 시작되기 때문에 채널을 맞추기 위함이었다.

그런 그녀의 손길이 채널을 옮기다가 거짓말처럼 멈췄다.

화면에 가득 잡힌 얼굴.

바로 자신의 아들인 강우진의 얼굴이 텔레비전 화면을 가득 채우고 있었다.

"여보, 저거 우진이잖아요!"

"헉, 우진이가 왜 저기에 나와?"

정숙영의 놀란 음성에 뒤늦게 화면을 확인한 강성두가 두 눈을 부릅떴다.

너무 놀라 두 눈을 휘둥그레 뜬 채 채널을 옮기던 리모컨을 부여잡고 정숙영이 텔레비전 앞으로 바짝 다가섰다.

프로그램에서는 강우진이란 이름이 거론되면서 유명석과 패널들이 걸 그룹에게 질문하고 있는 장면이 방송되고 있었다.

두 사람은 망부석이 되고 말았다.

강우진이 '페이스'란 회사와 계약했다는 것도 알았고 뮤직비디오를 찍는다는 소릴 들었지만 텔레비전에까지 아들의 모습이 나올 거라고는 꿈에도 생각하지 않았다.

아들의 이야기가 지속된 5분여 동안 두 사람은 꼼짝도 하지 않은 채 텔레비전에 시선을 맞춘 후 아무 말도 하지 못했다.

그런 후 강우진의 모습이 화면에서 사라졌을 때 정숙영이 눈물을 글썽이며 입을 열었다.

"여보, 우리 아들 정말 잘생겼죠?"

"그럼… 누구 아들인데……."

"우진이가 텔레비전에 나오다니 정말 믿기지 않아요. 그토록 힘들어하고 괴로워하다니 이제 빛을 보려나 봐요."

"우진이는 착하잖아. 분명 성공할 거야."

"그래야죠… 꼭 그랬으면 좋겠어요."

　　　　*　　　　　*　　　　　*

　'페이스'를 운영하는 이승환의 사무실은 20평 정도의 공간을 럭셔리하게 꾸며놓았기 때문에 마치 호텔 스위트룸을 연상시킬 정도로 고급스럽게 보였다.

　이곳에서 '페이스'에 소속된 스타급 연예인과 미팅을 하기 때문에 이승환은 대표 집무실을 최고급으로 만들었다.

　'페이스'에 소속된 연기자는 특A급으로 꼽히는 이준경과 정세희, 김선영 등이 있었고 A급 스타들은 이번에 옮겨온 강민경을 포함해서 10여 명이 활동하고 있었다.

　물론 조연급도 많다. 그들의 숫자는 거의 20명에 달했는데 이승환은 주로 A급 스타급 이상만 관리하고 나머지는 윤철욱이 책임졌다.

　윤철욱이 강우진과 계약하면서 기존 스타급과 계약 조건이 동등하다고 말한 건 바로 조연급 배우들을 지칭한 것이었다.

　일반적으로 A급 스타들의 계약 조건은 사람에 따라 다르지만 골든 룰이 7:3으로 정해져 있다.

　하지만 이준경과 같은 특A급 스타들은 8:2나 9:1로 계약되는 경우가 많았다.

　특A급 스타들은 보유하는 것만으로도 회사에 많은 이득이기 때문이었고 회사의 네임벨류에도 엄청난 영향을 미쳤다.

윤철욱이 이승환의 방에 들어온 것은 9시가 조금 넘었을 때였다.

기획실장인 그는 전날 있었던 배우들의 동향과 회사 업무 전반에 대해서 이승환에게 매일 아침 보고를 했다.

"사장님, 좋은 아침입니다."

"왜 아침부터 싱글벙글거려. 뭐 좋은 일 있어?"

"있죠. 강민경이 말입니다. 광고가 2개나 결정됐습니다. 그 것도 꽤나 좋은 조건으로 말입니다. 드라마의 위력이 크긴 큰 모양입니다."

"아이고, 정말이냐!"

이승환이 윤철욱의 보고를 받은 후 펄쩍 뛰었다.

엔터테인먼트가 배우들을 보유하면서 얻는 수익은 사실 방송이나 영화 출연보다 광고로 얻는 게 더 짭짤하다.

강민경은 그가 JYN에서 저번 달부터 방송되고 있는 미니시리즈 '석양 속에 산다'의 여주인공으로 집어넣은 후 가파르게 인기가 상승하고 있는 중이었는데 저번 주부터 광고가 따라붙더니 기어코 결정이 되었다는 소식이었다.

대박 작가답게 윤미경의 이번 작품도 방송된 지 한 달이 지났을 뿐인데 벌써 시청률이 20%를 훌쩍 넘고 있었다.

"이번 달에는 순이익이 대폭 올라갈 것 같습니다. 특급들한테 들어온 광고가 벌써 6갠데 강민경까지 날려줬고 나머지 애들한테도 4개가 들어왔거든요. 잘하면 월말에 꼭짓점 찍겠는데요."

"크크크… 좋아, 아주 좋아."

"이게 다 제가 잘해서 그런 겁니다. 사장님, 보너스 잔뜩 주세요. 좋은 데서 술도 사주시고요."

"알았다, 인마."

"그리고 어제 '한밤의 스타' 보셨습니까?"

"아니, 못 봤어. 그게 왜?"

"거기에 강우진이 나왔습니다."

"강우진이 그 프로그램에 출연했단 말이야? 우리 배우가 나도 모르게 텔레비전에 출연하는 경우도 있니?"

"출연한 게 아니고요. 걔가 찍은 뮤직 비디오가 방송된 겁니다."

"난 또……."

"그런데 그게 단순히 비디오만 방송된 게 아니라서요. 패널들이 강우진을 가지고 5분이나 '피앙세' 애들하고 떠드는 바람에 지금 인터넷이 난리가 아닙니다."

"도대체 그게 무슨 소리냐?"

"저번에 보고드린 것처럼 강우진이 찍은 뮤직 비디오가 클릭수 300만을 넘었는데 그게 강우진을 보려고 여자들이 많이 눌러서 그렇다네요. 더 웃긴 건 피앙세 애들이 어제 거기에 나와서 강우진이 민영훈보다 잘생겼다면서 사귀고 싶었다는 말까지 했다는 겁니다."

"콘셉트겠지. 프로그램 재밌게 만들려고."

"어쨌든 그것 때문에 인터넷에서 우진이 프로필 찾느라고 난리가 아니에요."

"그래서?"

"우진이가 무슨 프로필이 있겠어요. 이제 뮤직 비디오 하나 찍었는데."

"음… 포털에는 아직 없겠구나."

"그렇다고요. 뮤직 비디오 하나로 꽤나 인지도가 올라갔습니다. 아무래도 우진이 신경 좀 써야겠어요. 앞으로 발전 가능성이 무궁한 놈입니다."

윤철욱이 빤히 쳐다보며 말하자 이승환의 얼굴에 웃음기가 진해졌다.

오늘은 좋은 일만 있는 날인 모양이다.

소속 배우들이 이렇게만 해준다면 '페이스'가 국내 탑5 안에 들어가는 건 시간문제일 것 같았다.

그랬기에 이승환은 자신을 바라보는 윤철욱을 향해 너털웃음을 지었다.

"윤 실장, 강민경이 광고에 그놈 끼워 넣자."

"예?"

"그냥 투자 삼아 끼워 넣자고. 커피 광고에 말이야. 광고하는 놈들한테 돈 안 받겠다고 그래라. 뮤직 비디오 반응도 좋았으니까 싫어하진 않을 거다. 내가 봐도 그놈 싹수가 있어. 이참에 슬슬 키워보자고."

제18장
커피 광고 |

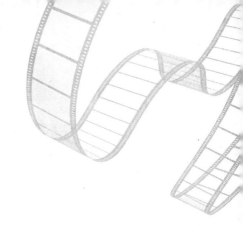

　뮤직 비디오를 찍고 한 달이 지나도록 연기 연습만 하면서 지내던 강우진은 회사로 들어오라는 윤철욱의 연락을 받고 고개를 갸웃거렸다.

　그가 무슨 일로 들어오라는지 정확하게 말을 해주지 않았기 때문이다.

　걸 그룹의 뮤직 비디오 클릭 수를 확인할 때마다 기분이 묘해졌다.

　물론 주인공은 아니었지만 자신이 출연한 뮤직 비디오가 히트를 친다는 것이 신기하기도 했고 한편으로는 어색하기도 했다.

"왜 그래?"

"회사로 들어오란다."

"누가?"

"기획실장님 전화야. 무슨 일 때문인지는 말 안 해주네."

"어제 일 때문에 그런가?"

"어제 뭐?"

"피앙세 말이야. 걔들이 한밤의 스타에 나와서 이야기한 것 때문에 인터넷이 난리 났다고 하더라. 네가 누구냐고."

서현탁이 말을 하면서 저도 신기한지 혀를 내둘렀다.

어젯밤 서현탁으로부터 전화를 받고 뒤늦게 '한밤의 스타' 재방송을 인터넷으로 봤다.

'피앙세'의 멤버들이 무슨 마음으로 그렇게 자신을 표현해 줬는지 알 수 없으나 그 여파는 상당히 컸다.

댓글 중 상당 부분이 자신에 관한 것들이었는데 정체를 궁금해하는 내용들이었다.

하지만 사람들의 관심은 시간이 지나면 금방 수그러든다.

자신은 뮤직 비디오를 빛내기 위한 조연이었고 방송이나 영화에 출연한 적이 없기 때문에 금방 사람들의 뇌리에서 사라지게 될 것이다.

"가자."

"지금?"

"그래, 지금 들어오래. 얼른 준비해."

"준비할 게 뭐가 있어, 우리 같은 빈털터리가. 어차피 산 넘고 물 건너 버스와 지하철이란 커다란 자동차만 타면 되잖아."

"그건 그렇지."

"가자고. 어차피 엉덩이만 일으키면 되는 거 아니겠어? 그런데 궁금하네. 들어오라면 뭔 일인지 가르쳐 줘야 할 거 아냐. 사람이 말이야. 예의가 없어, 예의가."

"알았어. 그렇게 전해줄게."

강우진이 빙그레 웃으며 말하자 서현탁의 두 눈이 동그랗게 변했다.

그럴 리는 없겠지만 막상 그런 상황이 닥친다면 생각만 해도 치가 떨리는 일이었다.

＊　　　　＊　　　　＊

강우진이 서현탁과 함께 사무실로 들어서자 책상에서 뭔가 서류를 보고 있던 윤철욱이 시선을 던져왔다.

"왔냐. 거기 좀 앉아 있어."

"예."

그의 지시에 예전에 앉았던 소파에 허리를 묻고 기다렸다.

또 하염없이 기다린다.

그때처럼 윤철욱은 자신을 소파에 앉혀 놓고 10분이나 책상에서 일어서지 않았다.

그럼에도 아무 말도 하지 못하고 소파에 앉아 사람들이 일하는 장면을 구경했다.

뮤직 비디오 때문에 제법 얼굴이 알려졌다지만 사무실 사람들은 강우진을 전혀 본 적이 없는 놈 취급하고 있었다.

"미안, 급하게 처리할 일이 있어서. 그래, 잘들 지냈냐?"

"예."

"뭐 하고 지냈어?"

"극단에서 연기 연습을 했습니다."

"열심히 하는구나. 뮤직 비디오가 잘됐다면서 DS 사장이 우리 사장님한테 고맙다고 전화 왔더라. 너를 잘 본 모양이다."

"아… 예."

"오늘 오라고 한 건 광고 때문이야. 사장님이 너를 이번에 찍는 광고에 출연시키라고 하셨어."

"정말입니까?"

윤철욱의 눈은 강우진에게 향하고 있었지만 대답을 한 건 서현탁이었다.

놈은 믿기지 않는 듯 입을 쩍 벌리고 있었는데 혓바닥이 다 보였다.

"커피 광고다. 하지만 메인은 아니고 서브야. 네가 나오는 신은 딱 두 개뿐이다. 그것도 너를 띄워보겠다고 광고 회사에 사정사정해서 겨우 집어넣은 거니까 너무 서운해하지 마."

"서운하지 않습니다. 일을 하게 해주셨는데 그럴 리가 있겠습니까."

"미안하지만 이번에는 개런티도 없다. 사장님이 너를 집어넣는 조건으로 돈을 받지 않겠다고 하셨어."

"괜찮습니다."

윤철욱이 반응을 보겠다는 듯 빤히 쳐다봤지만 강우진은 그 눈을 마주 보며 전혀 시선이 흔들리지 않았다.

물론 일하면서 돈조차 받지 못한다는 건 분명 억울한 일이다.

하지만 신인으로서 무엇보다 중요한 것은 대중들에게 얼굴을 알리는 일이니 그로서는 사장의 배려에 절이라도 하고 싶은 심정이었다.

"좋아, 그럼 이 콘티 가지고 가서 봐라. 촬영 일정도 거기에 같이 있으니까 읽어보고. 넌 여주인공 로드 매니저가 같이 캐어할 거야. 필요한 거 있으면 그 친구한테 부탁하도록. 여기 로드 매니저 전화번호."

"현탁이는 못 가는 건가요?"

"이번 촬영은 괌에서 하기로 했어. 광고 회사에서 현탁이까지 책임지지 않는단다. 우리 쪽도 그렇고. 미안하지만 처음 약속한 대로 하자. 부지런히 일해서 떠. 그러면 현탁이도 정식 직원이 될 테고 네 로드 매니저하면서 VIP 대접 받으며 살 수 있을 테니까."

"…알겠습니다."

"그리고 너도 봐서 알겠지만 한밤의 스타가 나간 후부터 네 프로필을 찾는 사람들이 꽤 있어. 우리가 포털 사이트에 올려놓을 테니까 여기다 프로필을 작성해 놔."

"어떻게 써야 되죠?"

"적당히 써. 학력하고 태어난 곳, 몸무게하고 키, 연극한 거, 뮤직 비디오 출연한 거 정도 쓰면 되지 않겠냐. 물론 다음부터 네 프로필은 우리가 관리할 거야. 네가 일을 할 때마다 하나씩 추가시킬 테니까 넌 기본적인 것만 써놓으면 돼."

"저기… 가명을 써도 되나요?"

"가명?"

"본명보다 가명을 쓰는 게 좋을 것 같아서요."

"뭐로 하고 싶은데?"

"전 강도영으로 하고 싶습니다."

"원래 이름도 괜찮은데, 왜?"

"그냥요."

"그래라. 하긴 요새 하도 팬들이 난리라서 가명을 많이 쓰긴 하지. 프로필 작성해서 저 친구 주고 가. 나머지는 우리가 다 준비할 테니까 너는 날짜 맞춰서 공항으로 나오면 된다."

윤철욱이 볼일이 끝났다는 듯 자리에서 일어났다.

다행이다.

가명을 쓰지 못하게 할까 봐 불안불안했는데 윤철욱은 별일 아니라는 듯 흔쾌히 그의 요청을 받아들였다.

서현탁의 제안으로 폐교된 학교 출신이란 거짓말까지 생각했지만 나중에 일이 커질 수 있다는 생각에 사실을 왜곡하지 않는 것으로 결정했다.

하지만 가명은 쓰고 싶었다.

잘못한 것은 아니었고 외모가 변하는 과정을 본 사람들이 많았으나 괜한 오해를 받고 싶지 않았기 때문이다.

한 달이란 시간은 또 금방 지나갈 것이다.

그동안 그는 광고의 콘티를 보면서 대중들에게 보여줄 수 있는 모습을 만들기 위해 최선을 다할 생각이었다.

2컷이 전부라도 상관없다.

단 한순간으로 대중들의 뇌리에 각인될 수 있으면 그것으로 족하다.

　　　　　*　　　　　　　*　　　　　　*

　"오빠, 강도영이란 사람은 누구에요?"

　"왜, 있잖아. 피앙세 뮤직 비디오에 출연했던 친구."

　"그 사람이 우리 회사 소속이에요?"

　"응. 그렇다네."

　강민경의 매니저 황두식이 입맛을 다시며 고개를 끄덕였다.

　그는 이제 막 신인의 이름을 기억할 정도로 한가한 사람이
아니었다.

　요즘 들어 강민경의 인기가 급상승하면서 몸이 둘이라도
부족할 정도로 정신없이 움직이고 있었기 때문에 강우진이
한밤의 스타에서 화제가 됐다는 것조차 몰랐다.

　물론 그것은 강민경도 마찬가지일 것이다.

　그녀나 자신이나 신인이 잠깐 반짝하는 것을 일일이 확인
할 만큼 한가롭지 않다.

　텔레비전을 보지 못했으니 강우진이란 이름이 강도영으로
바뀐 것조차 알지 못했다.

　강도영이란 이름도 회사에서 준 프로필을 보고 알았을 정
도니까 강우진에 대한 것은 아무것도 모른다.

　"그럼 출발할 때 이 사람도 같이 가나요?"

　"그래야지. 내가 통화해서 공항으로 직접 오라고 했어."

"왜 오빠가 통화해요?"

"걔는 아직 매니저가 배당되지 않았거든. 하여간 난 일복이 터졌나 봐. 너 하나로도 힘들어죽겠는데 신삥까지 책임져야 되다니 내 팔자가 아주 엉망이다."

"호호, 엄살은. 하여간 오빠 엄살은 알아줘야 해."

황두식이 가슴을 쥐어뜯는 시늉을 하자 강민경이 깔깔거리며 웃었다.

황두식은 이전 소속사부터 페이스에 넘어온 지금까지 그녀와 벌써 6년째 같이하고 있었기 때문에 심지어 그녀가 어떤 종류의 속옷을 좋아하는 것까지 알 정도다.

전문적으로 매니저 공부를 했고 연예계 쪽에도 발이 넓어 강민경이 필요한 것을 해결하는 능력이 대단했는데 일을 할 때는 한 치의 허점도 보이지 않았다.

더군다나 친근했고 격의가 없어 강민경은 그를 친오빠처럼 따랐다.

그녀의 웃음에 장단을 맞춰주던 황두식이 슬그머니 웃음을 거둔 건 강민경이 걸려온 전화기를 확인한 후였다.

강민경이 잠시 망설이다가 슬그머니 휴대폰의 통화 버튼을 눌렀다.

"안녕하세요, 사장님. 강민경이에요."

─잘 지냈나요?

"예, 저는 잘 지내고 있어요. 사장님도 건강하시죠?"

—하하… 나야 늘 그렇지요. 이번 민경 씨가 우리 제품 광고의 여주인공으로 발탁되었다고 해서 전화했어요. 민경 씨가 우리 제품 콘셉트와 가장 어울리는 배우라고 실무자들이 적극 추천했다고 하더군요.

"과찬이세요. 예쁘게 봐줘서 고맙습니다."

—언제가 좋습니까. 우리 식사 같이합시다.

"…식사요?"

—요새 바빠서 어려운가요?

"아니에요, 사장님 시간 나실 때 전화주세요. 광고까지 주셨으니까 제가 맛있는 거 사드릴게요."

약속을 한 강민경이 전화기를 내려놨다.

하지만 전화하는 동안 웃음을 매달고 있던 그녀의 얼굴이 통화 종료 버튼을 누르면서 천천히 흐려졌다.

전화를 걸어온 이는 이번 커피 광고를 발주한 동영그룹의 장창익이었다.

재벌3세로 대한민국에서 가장 큰 식품 회사를 맡고 있었는데 나이는 32살에 아직 결혼조차 하지 않았다.

장창익이 그녀를 향해 접근한 것은 벌써 1년 전부터였는데 이번 커피 광고도 그가 주도해서 강민경에게 떨어졌다는 게 정설이었다.

미친놈처럼 달려들지는 않았지만 부담스럽다.

재벌3세란 타이틀을 가지고 있는 장창익의 접근은 그녀에게 부담이 될 만큼 혼란스러운 것이었다.

＊　　　　＊　　　　＊

강도영은 공항 리무진을 타고 인천국제공항으로 향했다.

날이 참 좋다.

리무진을 타고 고속도로를 달리는 동안 차창으로 보이는 가을하늘은 더없이 푸르고 아름다웠다.

공항에서 내려 게이트를 통과해서 약속 장소로 갔다.

3박 4일 일정이었기 때문에 작은 여행용 가방 하나만 달랑 든 그가 걸어가면서 전화를 걸자 M15번 카운터에서 손을 번쩍 드는 사람이 보였다.

그를 향해 다가가자 습관처럼 활짝 웃은 사내가 손을 내밀어왔다.

"반갑습니다. 내가 강도영 씨를 도와줄 황두식입니다. 일단 저쪽으로 가시죠. 가방은 나한테 주시고요."

"괜찮아요. 제가 들고 갈게요."

황두식이 가방을 받으려 하자 강도영이 손을 슬쩍 뒤로 밀어 그의 손길에서 벗어났다.

익숙하지 않다.

자신이 할 수 있음에도 남의 도움을 받는다는 건 습관이 되어야 가능한 일이다.

그를 따라 걷자 금방 한 무리의 사람이 모여 있는 것이 보였다.

황두식은 이미 사람들과 인사를 했는지 자연스럽게 무리 쪽으로 다가가 중년 남자에게 강우진을 소개시켰다.

"감독님, 이 사람은 강도영입니다. 광고에 출연하기로 한……."

"아, 강도영 씨 반갑습니다."

소개를 받은 중년 남자가 거침없이 손을 내밀어왔다.

남자는 대한민국 3대 광고사에 꼽히는 '원탑 기획'의 정철기였다.

수많은 광고를 찍으며 신화를 만들어내고 있는 남자.

그는 '원탑 기획'에서도 최고로 손꼽히는 광고 전문 감독이었는데 그가 히트한 광고 수만 해도 20개가 넘었다.

강도영은 정철기의 손을 잡으며 정중하게 허리를 숙였다.

뮤직 비디오든 광고든 그를 대중들에게 알려주는 데 도움이 되는 사람들은 언제나 고마운 존재들이었으니 최대한 예의를 갖춰야 한다.

"강도영입니다. 열심히 하겠습니다."

"허허, 화면에서 본 것보다 실물이 낫네. 정말 잘생겼구만. 하여간 잘해봅시다."

정철기가 잡았던 그의 손을 풀며 물러났다.

말은 그렇게 했지만 그 역시 강도영의 존재에 대해서 크게 생각하지 않는 듯 금방 시선을 거두고 자신의 스태프들과 촬영에 관한 일들을 의논하기 시작했다.

황두식이 그의 손을 잡아끈 것은 정철기의 시선이 완전히 거둬졌을 때였다.

그를 따라 잠시 걸어가자 사람들이 웅성거리며 모여 있는 것이 보였다.

거기에 그녀가 있었다.

선글라스를 낀 그녀의 모습.

단숨에 알아볼 수 있었다. 오래전 가슴속에 들어와 열병을 앓게 만들었던 그녀가 사람들 속에서 아름다운 미소를 지으며 그를 기다리고 있었다.

"안녕하세요. 강도영입니다."

"어머, 반가워요."

강도영을 바라보는 그녀의 시선에서 정말 반가움이 느껴졌다.

금방 느낄 수 있었다.

그녀의 반가움은 강우진에 대한 남다른 감정 때문이 아니

라 사람들 속에서 혼자 남아 있었던 당황스러움이 해결된 것
에서 비롯된 게 틀림없었다.

역시 알아보지 못한다.

판이하게 달라진 외모로 인해 같은 학교에, 더구나 같은 반
에서 공부했음에도 그녀는 전혀 자신을 알아보지 못하고 있
었다.

그럼에도 그녀의 반가움이 너무나 좋았다. 자신을 바라보며
웃는 그녀의 미소가.

"같이 촬영하게 돼서 영광입니다. 잘 부탁드립니다."

"그건 오히려 제가 할 소리죠. 저도 광고는 이번이 처음이라
서 떨리니까 강도영 씨가 많이 도와주세요."

"저도 처음인 걸요."

"호호… 그럼 둘 다 초보니까 더 많이 도와주어야겠네요."

두 사람이 말하는 동안 사람들이 점점 많아졌다.

연예인을 본다는 것은 대중들에게 흔치 않은 기회였기 때
문에 몰려든 사람들은 두 사람을 찍느라 정신없이 핸드폰을
들어올렸다.

"쟤, 강민경이잖아. 우와, 정말 예쁘다."

"그런데 저 남자는 누구야. 저 사람도 탤런트가?"

"처음 보는데 정말 잘생겼다. 누구지?"

사람들의 웅성거림이 고스란히 들려왔다.

어색함.

군중 속에 사로잡힌다는 건 이런 기분이구나.

사람들에 파묻혀 인사를 하던 두 사람을 황두식이 급하게 이끌었다.

준비되지 않은 상태에서 대중들에게 몸이 노출되는 건 부담스러운 일이었고 마침 시간이 되었기 때문에 황두식은 소를 몰듯 사람들을 헤치고 두 사람을 출국장으로 이끌었다.

*　　　　*　　　　*

같은 회사 소속이라는 연대감은 그들을 탑승 때까지 같이 있게 만들었다.

황두식이 그들을 사람들이 적은 커피숍 구석자리에 몰아넣었기 때문에 공항 로비에서와는 달리 많은 사람의 시선에서 벗어날 수 있었다.

기다림의 지루함이 그들을 대화의 세계로 자연스럽게 이끌었다.

"24살이라면서요?"

"네, 맞아요."

"그럼 나와 나이가 같네요. 언제 데뷔했어요?"

"올해 했어요. 뮤직 비디오 출연이 첫 데뷔작이었습니다."

"어머, 늦었네. 뭐 하느라 그렇게 늦었어요?"

"그동안 연극을 했습니다."

"그래요? 어디서요?"

"대학로에 비상이라는 극단이 있어요. 거기서 스태프로 일하다가 '달려라 로맨스'란 연극을 공연했어요."

"정말요. 나도 그 연극 아는데. 그 연극 잘됐다고 소문나서 시간 나면 가서 보려고 했어요. 결국 바빠서 지금까지 못 갔지만."

강민경이 두 눈을 동그랗게 뜨고 놀란 눈을 만들었다.

그녀는 자신과 접점이 되는 내용이 나오자 가슴을 조금 앞으로 내밀며 강도영을 빤히 바라보았다.

"거기서 주인공 했어요?"

"아뇨, 조연이었습니다. 제가 연기 경력이 얼마 되지 않아서 주인공은 아니었어요."

"그럼 어떤 역할을 했는데요?"

"주인공들의 사랑을 방해하는 재벌집 아들 역이었어요. 나쁜 역할이었죠."

"아……."

강민경이 자신의 손으로 입을 살짝 가렸다.

놀람을 숨기기 위한 행동.

그녀가 '달려라 로맨스'란 연극을 알게 된 것은 친구인 정수연으로 인해서였다.

정수연은 대학에서 만나 지금까지 절친으로 지내면서 수시로 만나는 사이였는데 그녀는 어느 날 연극을 봤다면서 대학로에서 본 '달려라 로맨스'에 대해 침을 튀겨가며 이야기를 했다.

주인공보다 강렬한 조연.

정수연이 침을 튀기며 칭찬한 것은 바로 재벌집 아들 역할을 맡은 남자 배우에 관한 것이었다.

두 눈이 튀어나올 정도로 잘생긴 그는 관객들을 들었다 놨다 할 정도로 뛰어난 연기력을 보여줬는데 마지막에 만들어 낸 독백 장면은 그녀를 심쿵하게 만들었다고 한다.

그를 여기서 보다니 정말 세상일은 알다가도 모를 일이다.

그때부터 연극에 대해 많은 이야기를 했다.

그녀가 하고 있는 드라마와 연극의 차이점에 대해 토론하면서 연극에 관한 여러 가지를 물었다.

비행기 탑승을 기다리던 1시간이 지루하지 않을 만큼 유쾌한 대화였는데 중간에서 황두식이 끼어들어 촬영에 대한 에피소드에 대해 말하면서 두 사람을 웃겼기 때문에 시간은 정신없이 흘러갔다.

황두식은 특별한 사람이었다.

자신이 맡은 배우들을 즐겁게 만드는 화술은 누구나 가지고 있는 것이 아니었다.

*   *   *

비행기를 타본 적은 고등학교 수학여행 때 제주도를 가본 것이 전부였다.

그때도 집안 사정 때문에 가지 않으려 했지만 담임 선생님이 직접 아버지에게 전화를 거는 바람에 어쩔 수 없이 갔었다.

태연한 척했다. 비행기를 여러 번 타본 사람처럼 그녀 옆에서 최대한 여유 있게 걸었다.

하지만 비즈니스석에 앉았을 때 그 여유로움은 한꺼번에 날아갔다.

'원탑 기획'에서는 그를 무대로 출연시키는 게 미안했던지 비즈니스석을 마련해 주었는데 바로 강민경의 옆자리였다.

고개를 돌려 두리번거리며 황두식을 찾았다.

하지만 그는 대부분의 스태프처럼 이코노미석으로 갔기 때문에 모습을 찾아볼 수 없었다. 대신 총감독인 정철기만이 통로 맞은편 창가에 앉아 여유롭게 신문을 펴는 것이 보였다.

단순한 비행기 좌석만으로도 신분에 차이가 나다니 정말 어처구니가 없는 일이다.

강민경이란 스타와 함께하지 않았다면 자신 역시 대부분의 스태프처럼 이코노미석으로 가서 오랜 시간 몸을 웅크린 채 가야 했을 것이다.

승객들이 모두 탑승하자 탑승구에 서서 반갑게 맞아 들이던 스튜어디스들이 좌석을 확인하며 천천히 통로를 따라 걸어왔다.

그녀들은 승객들과 일일이 눈을 맞추며 인사를 했는데 강민경과 강도영이 있는 곳으로 왔을 때는 한껏 웃으며 잠시 동안 머물렀다.

괌까지 걸리는 시간은 5시간 정도 걸린다. 그만큼 강민경과 이야기할 시간이 많다는 뜻이다.

"도영 씨, 벨트 매세요."

"아, 예."

강민경이 그를 바라보며 또 웃었다.

그녀는 안전벨트를 매면서 그를 바라보고 있었는데 따라서 하라는 듯 눈짓을 보냈다.

눈치를 챈 걸까?

한껏 여유 있는 척했지만 그녀의 눈에는 비행기를 타본 적이 없는 초보로 보인 모양이었다.

그녀를 따라 안전벨트를 맬 때 강민경이 불쑥 입을 열었다.

"좋겠어요."

"뭐가요?"

"난 그래도 내가 제법 유명하다고 생각했는데 스튜어디스들이 도영 씨만 보잖아요."

"그럴 리가요. 민경 씨를 본 거겠죠."

"어머, 여자들을 모르는 모양이네. 내가 계속해서 봤는데 도영 씨를 본 거 맞거든요? 여자들은 잘생긴 남자들한테 자연스럽게 눈이 가는 거라구요."

그녀의 말에 쓴웃음이 떠올랐다.

외모가 변하기 전 대부분의 여자는 그를 본 순간 눈을 돌렸는데 이제는 모든 여자가 그를 바라본다.

왜 모르겠는가.

스튜어디스들의 시선은 강민경보다 자신에게 더 오래 시선을 머물렀다.

그럼에도 모른 척한 것은 외모보다 내면으로 평가받고 싶다는 간절한 마음 때문이다.

이 외모는 내 것이 아니라는 불안감.

유전자 조작으로 인해 생긴 얼굴이었으니 언제 다시 원상태로 되돌아갈지 모른다.

아니, 어쩌면 지금은 알지 못하는 부작용으로 인해 더욱더 큰 불행 속으로 빠져들 수도 있을 것이다.

내가 하고 싶은 일들을 하고 싶었다.

그래서 그것으로 인정받는 인간으로 남고 싶다는 생각이 언제부턴가 머리를 지배하기 시작했다.

배우로 인생을 살겠다는 결심을 한 이후로 연기에 목숨을 걸었던 것도 그런 이유 때문이다. 외모보다 사람들이 자신의 연기 때문에 울고 웃는다면 정말 행복할 것이다.

*   *   *

비행기가 이륙해서 고도가 올라갈 때까지 강민경은 아무런 말도 하지 않았다.

가만히 생각해 보니 처음 보는 남자에게 오늘따라 너무 많은 말을 한 것 같았다.

왜 갑자기 그런 생각을 했는지 모르겠지만 이 남자가 자신을 가볍게 볼지 모른다는 생각이 불쑥 들었다.

그랬기에 잠시 입을 다물었는데 자신이 말을 붙이지 않자 강도영은 창문을 통해 바라보이는 푸른 하늘에 시선을 둔 채 움직이지 않고 있었다.

사각으로 보이는 남자의 모습이 아름답다고 느껴질 수 있다는 걸 오늘에서야 처음으로 알았다.

공항 로비에서 그가 걸어올 때 시선을 떼지 못했다.

몰려든 사람들이 그녀를 둘러싸고 사진을 찍느라 부산을

떨었음에도 그에게 간 시선을 거둘 수 없었다.

정말 잘생겼다.

자신을 둘러싸고 있던 여자들의 시선이 그에게서 떨어질 줄 모를 정도로 완벽한 얼굴과 몸매를 가진 사내였다.

연예 활동을 하면서 수많은 미남을 봤지만 강도영에게서는 이상한 애잔함과 부드러움이 얼굴에 담겨 있었다.

그래서일까.

같은 드라마를 하는 배우들에게조차 쉽게 말을 걸지 않아 콧대 높다고 오해를 받아온 그녀가 오히려 더 많은 말을 했다.

물론 같은 회사 소속이라는 동질감이 그녀를 그렇게 만든 것인지도 모른다.

이야기를 붙인 건 그녀였고 질문에 꼬박꼬박 대답만 해서 답답하게 만든 건 바로 저 남자였다.

도대체 이해가 가지 않는다.

공항 로비에서 출국장을 건너 탑승을 기다릴 때까지 그는 자신에 대해서 아무런 질문도 하지 않았다. 더군다나 이야기를 건네지 않자 잘됐다는 듯 차창 밖을 바라보고 있는 남자의 모습에 은근히 화가 났다.

모든 사람이 부러워할 정도로 예쁜 외모를 가졌고 결국 텔레비전 드라마에 출연하면서 스타급으로 올라선 그녀를 이렇게 외면하고 있는 남자는 처음 봤다.

말을 붙일 때까지 기다렸다.

쾌적한 비즈니스석이었기 때문에 옆자리라 해도 간격이 있었지만 손만 뻗으면 닿는 거리에 있으니 금방 말을 붙여올 거라 생각했다.

하지만 강도영은 차창에 시선을 둔 채 미동조차 하지 않고 있었다.

기어코 참고 참았던 그녀의 입이 열렸다.

"하늘에 뭐 참새라도 날아가요?"

"예?"

"뭘 그렇게 열심히 보냐구요!"

갑작스러운 그녀의 질문에 강도영이 화들짝 놀란 얼굴을 만들었다.

창밖을 바라보고 있던 건 비행기 날개 틈으로 보이는 구름과 푸른 상공이 너무나 아름다웠기 때문이다.

여러 번 비행을 탄 적이 있다면 무심코 넘길 장면이겠지만 그에게는 태어나 처음으로 본 아름다운 모습이었다.

빤히 쳐다보는 그녀의 얼굴이 살짝 상기된 것처럼 보였다.

화를 내는 건 아니지만 뭔가 자신에게 불만이 있어 보이는 표정이었다.

　　　　*　　　　　*　　　　　*

"촬영하러 가는 것 같지?"

"응, 이코노미석에 사람들이 한 무리 탔는데 대부분 촬영 이야기를 한대. 아무래도 광고 촬영을 가는 것 같아."

신영아의 질문에 김소연이 대답했다.

둘은 입사 동긴데 동기 중에 가장 예쁜 얼굴을 가져 스튜어디스들이 가장 선호한다는 미주, 특히 괌과 하와이를 왕래하는 비즈니스석에서 일을 하고 있었다.

나이는 둘 다 26살로 비행 경력이 벌써 4년이나 되는 베테랑들이었다.

지금 그녀들은 손님들에게 줄 다과를 준비하면서 비즈니스석에 앉아 있는 강민경에 대해 이야기를 하고 있는 중이었다.

"강민경, 정말 예쁘다. 피부가 장난 아니야. 도대체 쟤는 뭘 먹고 저런 피부를 가졌다니?"

"연예인들은 얼굴이 생명인데 오죽 관리를 했겠어. 매일 피부숍에 가서 전문가한테 관리받을 거야. 화장품도 최고급을 쓸 거고."

"몸매 비율도 완벽해. 저런 몸매를 유지하려면 이슬만 먹고 살아야겠다."

"너도 괜찮아. 내 눈에는 네 몸매가 더 좋아 보이는걸."

"고맙다, 얘. 말만 들어도 어깨가 으쓱 올라가네. 알았어, 내가 괌에 도착하면 저녁 맛있는 거 산다."

신영아의 칭찬에 김소연의 얼굴에서 환한 웃음이 떠올랐다.

그녀는 올해 미스 아시아나로 꼽힐 정도로 아름다웠는데 신영아의 말처럼 몸매도 늘씬했다.

물론 신영아도 그에 못지않았지만 김소연은 아시아나에서 보유한 스튜어디스 중에서 탑으로 꼽힌다.

신영아의 표정이 살짝 바뀐 것은 김소연이 곁눈질로 뭔가 보는 걸 봤기 때문이다.

"또 보니?"

"호호… 자꾸만 눈이 가네."

"정말 잘생겼지?"

"처음 보는 사람인데 저 사람도 배운가 봐."

"아니면 강민경 애인일 수도 있고."

"바보야, 넌 강민경 같은 애가 공공연하게 애인 데리고 괌에 갈 수 있다고 생각해?"

"얘가 정말 몸이 달았네. 아무리 잘생긴 남자도 거들떠보지 않더니 웬일이래? 너 오늘따라 이상해."

"넌 애인이 있으니까 그렇지. 나도 이제 연애하고 싶어. 애인 사귀고 싶단 말이야."

"그래서?"

"우리 선배 중에 승객들하고 눈이 맞아서 결혼한 사람들 많 잖아. 혹시 저 사람 어떻게 안 될까?"

*　　　　　*　　　　　*

김소연은 커피를 들고 천천히 좌석 사이를 걸어 나갔다.

정해진 시간이 아니었음에도 그녀가 혼자 강도영에게 다가 간 것은 더 이상 시간이 없기 때문이다.

이제 30분 후면 비행기는 괌에 착륙하게 될 것이고 그녀는 말 한 마디 붙여보지 못한 채 남자를 떠나보내게 될 것이다.

먼저 남자에게 말을 붙여본 적은 한 번도 없었다.

그것도 비행기에서 승객에게 호감을 표현한다는 것은 상상 조차 해본 적이 없다.

자칫 잘못되면 회사에서 징계까지 받아야 할 정도로 위험 한 짓이었으나 김소연은 신영아의 응원을 받으며 과감히 강도 영에게 향했다.

마침 줄곧 강도영과 이야기를 나누던 강민경은 잠이 들었 는지 30분 전부터 눈을 감고 있었다.

"손님, 커피 한잔하시겠어요?"

우아한 웃음을 지으며 김소연이 말을 붙이자 강도영이 창에서 눈을 돌리며 그녀를 바라봤다.

"예, 주세요."

몸을 바로 하며 강도영이 그녀에게 마주 웃음을 지었다.

그러자 김소연이 얼굴이 단박에 발갛게 달아올랐다.

"탤런트세요?"

"아닙니다. 아직 신인이라서 텔레비전에도 출연하지 못했어요. 탤런트라 불리기에 미안할 정도죠."

"그럼 이제 막 데뷔하신 거예요?"

"예, 연극하다가 올해 계약했어요."

"출연하신 작품, 하나도 없나요?"

"뮤직 비디오 하나 찍었어요. 피앙세의 질투라는……."

강도영이 말꼬리를 흐리자 김소연의 얼굴이 놀람으로 가득 찼다.

며칠 전 대학 동창회에 나갔을 때 누군가 피앙세의 뮤직 비디오를 이야기하며 남자 주인공이 정말 멋있다고 거품을 물었던 게 생각났기 때문이다.

그때는 아무 생각 없이 들으며 웃었다.

뮤직 비디오에 나오는 남자 이야기나 하면서 흥분하는 친구가 더없이 어리석게 보여 속으로 한심하다는 생각을 했다.

그런데 그 주인공이 이 남자라니…….

"친구들의 칭찬이 대단했어요. 정말 잘 만들어진 뮤직 비디오라며 남자 주인공이 멋있다고 했는데 그분이신 모양이네요."

"아, 네……."

"지금 꼼에는 광고 때문에 가시는 건가요?"

"그렇습니다. 커피 광고에 출연하러 가는 길이에요."

"…혹시 제가 구경 가도 돼요?"

김소연이 어렵게 말을 꺼냈다.

그녀의 얼굴은 더욱 붉어져 있었는데 강도영을 바라보는 시선에는 열기가 담겨져 있었다.

*   *   *

"힘들겠어요?"

"예?"

강도영이 깜짝 놀라며 대답을 했다.

자는 것처럼 보였던 강민경이 불쑥 물어왔기 때문이다.

그녀의 눈은 어느새 초롱초롱하게 변해서 그를 바라보고 있었는데 입가에는 장난스러움이 가득 묻어 있었다.

"어디 다닐 때마다 이런 일 생기죠?"

"무슨 말인지 잘 모르겠어요."

"혹시 여자들 때문에 힘들지 않아요?"

이제야 그녀의 말이 무슨 뜻인지 알 수 있었다.

강민경은 자는 체하면서 김소연이 다가와 했던 이야기들을 고스란히 듣고 있던 모양이었다.

갑자기 장난이 하고 싶어졌다.

그녀가 이런 질문을 하는 것 자체를 농담이라고 생각했기 때문에 강도영은 웃으면서 대답을 했다.

"미움을 받는 것보다는 좋잖아요. 나도 배우로 성공하려면 여자들한테 인기가 있어야죠. 민경 씨가 남자들한테 인기 있는 것처럼."

"헐!"

"내가 봤을 때 민경 씨도 어디 가면 남자들이 환호성을 지를 것 같은데 그렇지 않아요?"

"안 그렇거든요!"

"이상하다, 너무 예뻐서 남자들이 줄줄 따를 것 같은데……."

강도영이 사실대로 말하라는 듯 빤히 쳐다보자 강민경의 얼굴이 살짝 일그러졌다.

그런 일은 없다.

남자들은 이상한 속성을 가지고 있어 방금 강도영의 말처럼 대놓고 말을 걸어오는 사람이 드물었다.

자격이 안 된다고 생각하는 남자들은 아예 말 붙일 생각조차 하지 못했고 스펙이 되는 사람들은 재벌3세인 장창익처럼 은밀하게 접근해 오기 때문에 방금 전 강도영이 당한 것처럼 대놓고 호감을 표했던 남자는 지금까지 거의 없었다.

그랬기에 강민경은 강도영의 얼굴에 담긴 장난스러움을 향해 돌직구를 날렸다.

"내가 봤을 때 여자들이 줄줄 따르는 건 도영 씨가 틈을 보였기 때문이에요. 아무 때나 웃어주니까 이런 일이 자꾸 생기는 거라구요."

"웃지 말란 얘긴가요?"

"그래요. 웃지 말아요. 자주 웃으면 푼수처럼 보인다구요."

"헐!"

"그런데 마지막 대답을 못 들었어요. 뭐라고 그랬어요?"

"뭐가요?"

"저 여자 구경 온다고 그랬잖아요. 너무 작게 말해서 그때 뭐라고 대답했는지 못 들었단 말이에요!"

*   *   *

김소연이 커피 잔을 받쳐 들고 갤리로 들어오자마자 즉시 맞은편 커튼을 열고 신영아가 나타났다.

그녀는 김소연이 강도영과 대화를 나누는 동안 맞은편에서

힐끔거리며 그들을 주시하고 있었다.

갤리는 스튜어디스들이 쉬는 공간이고 주방으로도 사용하는 곳이었는데 마침 그곳에는 두 사람밖에 없었다.

"뭐래?"

"뭐가?"

"무슨 얘기 했어? 얘가 웃음이 얼굴에서 떠나지 않는구만. 이것아, 너 자꾸 피식거리며 웃기만 할 거야?"

"쉿, 조용히 해."

신영아가 소리를 빽 지르자 김소연이 본능적으로 손가락을 들어 올리며 그녀의 입을 막았다.

"순순히 불어라, 소문내기 전에. 저 남자 탤런트 맞아?"

"응, 신인이래."

"광고 찍으러 가는 거 맞고?"

"강민경 상대역을 한다네. 커피 광고."

"그래서?"

"뭘 그래서야. 그렇다는 거지."

"그게 끝이야?"

"아니, 그거 물으러 간 건 아니잖아."

"아휴, 답답해. 그러니까 알아서 척척 말하라니까. 너, 이 언니 속 터져 죽는 꼴 보려고 그러는 거니!"

신영아가 못 견디겠다는 듯 주먹을 불끈 들어 올렸다.

그러자 김소연이 뒤로 피하는 척하면서 손을 들어 막는 시늉을 했다.

그때 지나가던 윤미현이 두 사람이 장난치는 걸 확인하고 커튼을 젖히며 작은 목소리로 화를 냈다.

윤미현은 두 사람보다 7년이나 고참으로 이 비행기의 스튜어디스들을 총괄하는 책임자였다.

"너희들 여기서 장난치지 말라고 했지. 자꾸 그럴래?"

"죄송합니다."

"이제 조금 있으면 착륙이야. 손님들 착륙 준비 시켜야 하니까 조용히 대기하고 있어. 너희들 장난치는 거 손님들이 보면 어쩌려고 자꾸 그러니, 이 말썽쟁이들아."

"다시는 안 그럴게요."

"한 번만 더 걸리기만 해봐. 그때는 국물도 없어."

다시 한 번 눈을 부라린 윤미현이 커튼을 닫고 사라지자 신영아와 김소연이 동시에 입을 가리고 킥킥거렸다.

먼저 손을 내린 건 신영아였다.

비록 윤미현에게 혼났지만 그녀는 절대 자신의 궁금증을 그냥 넘길 생각이 없는 모양이었다.

"그래서 어쨌는데?"

"내가 촬영장에 구경 가도 되냐고 물었어."

"어머, 어머, 그랬더니 뭐래?"

"활짝 웃으면서 그러라고 하더라. 아휴, 그 남자 웃는 모습이 정말 솜사탕 같아. 그래서 나 내일 거기에 가볼 생각이야."

"촬영장이 어딘 데 구경을 가. 바보야, 우린 내일 아침 출발이잖아."

"희수 언니한테 바꿔 달래야지. 저번에 내가 한번 바꿔준 적이 있으니까 사정해 볼 거야."

"우와, 천하의 김소연이 남자 때문에 근무 시간까지 바꾸겠다네. 얘, 너 정말 어떻게 된 거 아니니?"

"너도 희철 씨 만난 게 운명이라고 했잖아. 그래서 시험해 보고 싶어. 저 사람이 내 운명이라면 나와의 인연이 이어지지 않을까?"

＊　　　　　＊　　　　　＊

비행기에서 내린 일행은 곧장 캐슬호텔로 직행했다.

호텔에 짐을 푼 것은 오후 5시가 넘었기 때문에 오늘 촬영 일정이 잡혀 있지 않아 나머지 시간은 자유롭게 쉬는 것으로 계획되어 있었다.

하지만 광고 스태프들은 다르다.

그들은 호텔에 짐을 풀자마자 내일 촬영을 준비하기 위해 정신없이 움직이고 있었다.

이번 커피 광고의 콘셉트는 여주인공이 곳을 돌아다니며 여행을 하다가 우연히 만난 매력적인 남자와 따뜻한 커피를 나눠 마신다는 내용이었다.

자유와 사랑, 그리고 부드러움과 달콤함.

광고에 담고자 한 것은 커피가 가지고 있는 인간에 대한 촉촉한 감성과 로망이었다.

강도영이 출연하는 신은 미리 들은 것처럼 딱 두 가지 장면뿐이었다.

여자가 자신의 이상형을 발견하는 장면. 그리고 마지막 엔딩에서 커피를 가져온 여주인공에게 고맙다고 인사하는 장면뿐이었다.

그럼에도 강도영은 콘티를 보면서 한 달 동안 콘셉트가 가지고 있는 감정을 살리기 위해 수많은 연습을 했다.

뮤직 비디오처럼 많이 움직이는 것은 아니었으나 오히려 더 힘들게 느껴졌다.

단순한 동작으로 모든 것을 표현해야 하는 건 가장 고난도의 연기라더니 정말 뼈저리게 실감할 수 있는 시간들이었다.

많지 않은 짐을 풀고 침대에 누워 창밖을 바라봤다.

호텔 수영장에는 열댓 명의 사람이 즐거운 웃음을 지으며 노는 중이었고 멀리서 보이는 해변가에도 꽤 많은 사람이 일광욕을 즐기며 시간을 보내고 있었다.

한참을 창밖에 시선을 둔 채 가만히 있던 강도영은 간편한 옷으로 갈아입고 방을 나섰다.

괌에까지 와서 무료하게 방에 있기 싫었다.

그때 황두식이 불쑥 방문을 열고 들어섰다.

"어디 가려고요?"

"예, 산책을 해볼 생각이에요. 주변 경관이 너무 아름다워서……."

"좋죠. 그런데 잠깐 내 말 듣고 가요."

"말씀하세요."

"우진 씨 촬영은 내일 없고 2일 후에 있어요. 아시죠?"

"네, 알고 있습니다."

"어쩔래요. 촬영장에 있어도 되고 혼자 괌을 구경해도 되니까 마음대로 해요. 내일은 우진 씨 스케줄이 아무것도 없어서 혼자 여행해도 되는데 내가 따라가지는 못해요."

"촬영장에 있겠습니다. 그러니까 걱정하지 마세요."

"오케이, 그럼 나는 그렇게 알고 갑니다. 오늘 저녁 식사는 7시에 하기로 했으니까 그때까지 호텔 로비로 오세요."

황두식이 경쾌하게 말을 마치고 왔을 때처럼 바람같이 사라졌다.

정말 행동 하나는 기가 막히게 빠른 사람이었다.

호텔을 빠져나와 수영장을 건너 바닷가로 나갔다.

그리고 해변을 따라 무작정 걸었다.

사람들의 행복한 웃음소리가 파도 소리와 겹쳐지며 마치 환상처럼 그의 귀를 파고들었다.

아이들을 향해 장난치고 있는 부부의 모습이 눈으로 들어 왔다.

흙수저로 태어나 평생을 고생하며 두 형제를 키운 부모님 의 얼굴에서 찾아보기 힘든 행복한 모습이었다.

부모님을 저렇게 만들어 드리고 싶었다.

고생 속에서 술주정뱅이의 욕설을 들어가며, 사장에게 손 가락질 받으며 남한테 큰소리 한번 쳐보지 못한 채 살아온 부 모님에게 저 사람들과 비슷한 웃음을 만들어 드리고 싶다는 열망이 솟구치며 가슴이 먹먹하게 아파왔다.

그럴 것이다, 반드시. 언젠가 자신이 성공을 한다면 두 분께 세상의 행복을 모두 선물해 줄 테다.

백사장을 따라 한참을 걷자 해변의 마지막 끝자락에 불쑥 솟아오른 바위가 보였다.

그곳은 산책하는 사람들이 자주 찾았던지 올라가는 길이 만들어져 있었다.

바위에 올라 해변을 바라보고 앉았다.

반팔에 반바지 차림이었고 해가 뉘엿뉘엿 지면서 바람이 불 어왔으나 온몸이 상쾌할 정도로 시원했다.

얼마나 앉아 있었을까.

하늘에 그림이 그려지기 시작했다.

석양이 지면서 만들어낸 노을. 하늘에 만들어진 노을은 한 폭의 명화를 보는 듯 더없이 아름다워 그의 입에서 탄성이 새어 나오게 만들었다.

시선을 옮겨가며 정신없이 노을을 감상했다.

아무런 생각도 나지 않았다. 지금까지 살아오면서 겪었던 괴로움도 불안한 자신의 미래에 대한 걱정도 지금 이 순간만은 노을 속에 잠겨 떠오르지 않았다.

세상은 이렇게 아름다운데 왜 인간의 삶은 고단하기만 한 것일까?

정말 알 수 없는 일이다.

제19장
커피 광고II

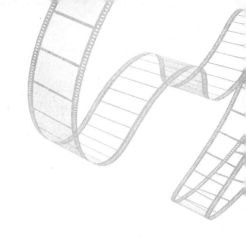

"혼자 오셨어요?"

하늘에 수놓아진 노을을 뚫고 청아한 음성이 들려왔다.

갑자기 들려온 소리에 놀라 고개를 돌려 소리가 난 곳을 바라봤다.

거기에 그녀가 서 있었다.

석양의 마지막 발버둥이 토해낸 빛을 받으며 서 있는 그녀의 모습은 하늘에 수놓아진 노을보다 더 아름답게 보였다.

하늘거리는 분홍색 원피스, 그리고 곱게 흘러내린 머리카락

사이로 자신을 바라보는 눈동자의 흔들림.

앵두처럼 벌어진 입술 사이에 머물고 있는 미소. 오뚝하게 솟아오른 콧날.

모든 것이 아름답다. 그녀의 모든 것이 너무나 아름다워 눈이 부셨다.

그녀를 봤으나 한동안 말하지 못했다.

노을 속에 비친 그녀의 모습이 강도영의 언어를 모두 가로막아 버렸다.

"뭘 그렇게 놀래요. 넬 모레 도영 씨가 나한테 해야 될 말인데. 미리 연습해 보는 것도 괜찮을 것 같아서 해봤어요. 어때요, 가슴 설레어요?"

강민경이 한 걸음씩 그에게 다가왔다.

그렇다.

그녀의 말대로 커피 광고를 찍으며 강도영이 여행 온 그녀에게 해야 할 말이었다.

아마, 그녀는 여기에 온 자신의 존재를 그렇게 표현하고 싶은 것 같았다.

"왜 그렇게 봐요?"

"너무 예뻐서……."

"홍, 거짓말. 남자들이 하는 저 거짓말 때문에 수많은 여자가 몸살을 앓죠. 특히 도영 씨는 그런 말 하지 마요. 그러지

않아도 여자들이 정신없는데 그런 말까지 하면 혼절한다니까
요."

강민경의 얼굴이 붉어졌던 것인지 알 수 없었다.

그녀의 얼굴은 노을로 인해 처음부터 붉어져 있었으니까.

"그런데 여긴 어쩐 일로 왔어요?"

"뭐예요, 혹시 여기 전세 낸 거 아니죠?"

"그럴 리가요."

"할 일 없어서 산책 나와 봤어요. 그런데 거짓말처럼 도영
씨가 내 눈에 척 나타나잖아요. 쨔잔 하면서 말이에요."

어느새 다가온 그녀가 강도영의 옆에 앉으며 이제 막바지에
달하는 노을을 바라보았다.

너무 자연스러워 마치 거기가 처음부터 그녀의 자리였던 것
처럼 여겨졌다.

"노을 참 예쁘네요."

"어디서든 예쁜 것 같아요, 노을은……."

강도영이 그녀의 말을 받으면서 하늘을 바라보았다.

쓸쓸한 모습. 뭔가를 고뇌하는 사내의 모습이 더없이 외롭
게 느껴졌다.

강민경의 웃음 띠던 얼굴이 슬쩍 굳어진 것은 강도영의 모
습을 바라보는 순간 서늘한 기운이 가슴에서 올라왔기 때문
이다.

"도영 씨 24살 맞아요?"

"그렇습니다."

"그런데 어떻게 그런 표정을 지을 수 있는 거죠. 이럴 때 도영 씨 보고 있으면 서른 중반은 돼 보여요."

"너무했어요, 그 말은. 난 분명히 24살이라고요. 그것도 이제 막 데뷔한 신인인데 서른 중반이라뇨."

"호호, 놀라긴. 그거 좋은 말이에요. 도영 씨는 연기자니까 그만큼 연기의 폭이 넓다는 뜻이라고요."

"그래도 서른 중반은 싫은데……."

"아니, 좋은 말 해주면 고맙다고 해야지 자꾸 싫다고 하면 어떡해요!"

강도영이 계속해서 고개를 흔들자 강민경이 도끼눈으로 부릅떴다.

귀여웠다. 그녀에게는 고등학교 때 자주 나타났던 귀여움이 아직도 남아 있어 자신도 모르게 아련한 추억을 꺼내도록 만들었다.

그러나 추억 속에 빠져 있기에는 그녀의 질문이 너무 많았다.

"내일 촬영장에 있을 거라면서요?"

"예, 그럴 생각이에요."

"내일 촬영은 장소를 세 군데나 옮기면서 하니까 힘들어요.

더군다나 도영 씨는 촬영도 없는데 뭐 하러 따라다니려고 해요. 혼자서 멍하니 있는 거 정말 못할 짓이라고요. 괌 처음 와봤죠?"

"네."

"여기 예쁜데 참 많아요. 힘들게 그러지 말고 여기저기 구경하면서 보내는 것도 괜찮을 거예요."

"촬영을 하는데 혼자 놀러 다니는 건 미안한 짓이라고 생각해요. 그리고 난 신인이니까 뭐든지 배워야 되잖아요. 광고를 어떻게 찍는 건지 두 눈으로 똑똑히 보고 싶어요."

"힘들 거라니까요."

"그래도 괜찮아요. 아직 새파랗게 젊으니까 고생을 해봐야죠."

"혹시, 그 여자 기다리려고 그러는 거예요?"

"어떤… 아……."

자신을 똑바로 바라보며 묻는 그녀의 질문에 강도영의 입에서 작은 탄성이 새어 나왔다.

비행기에서 내리는 순간 까맣게 잊어버리고 있었다.

배우처럼 예쁜 스튜어디스가 촬영하는 걸 구경하고 싶다기에 무심코 대답한 걸 강민경은 지금까지 기억하고 있던 모양이었다.

"여자들은 온다고 하면 정말 와요?"

"어떤 상황인가에 따라 다르죠. 하지만 그 여자는 분명히 올 거예요."

"왜죠?"

"도영 씨를 보고 싶을 테니까요."

"그렇다면 기다려야겠군요. 지나가는 말로 했지만 분명 약속을 했으니 지켜야 될 것 같네요. 만약 왔다가 내가 없으면 얼마나 실망하겠어요. 촬영장에 있어야 할 이유가 하나 더 늘었군요."

"흐응, 카사노바."

"카사노바는 무슨. 그런 게 아니라 약속을 했으니까 그렇죠."

"사귈 생각이에요?"

"처음 본 사람인데 뭘 사귀어요. 약속 때문이라니까요……."

"됐어요. 농담으로 그냥 해본 소리예요. 가요, 저녁 먹을 시간 다 됐네요. 우리가 늦으면 사람들이 기다린다고요."

그녀가 강도영의 말을 끊고 먼저 자리에서 일어났다.

그를 놀린 것이 재미있던 건지 그녀의 얼굴에는 여전한 장난스러움이 잔뜩 배어 있었다.

*   *   *

광고 촬영도 뮤직 비디오와 별반 다를 게 없었다.

다른 것이 있다면 감독의 성향에 따라 촬영장의 분위기가 달라진다는 것뿐이었다.

'원탑 기획'의 정철기는 스타 감독답게 촬영장을 일사불란하게 지휘하고 있었는데 강도영이 현장에 나갔을 때는 이미 촬영 준비가 완벽하게 마무리된 상태였다.

모든 회사가 그렇겠지만 이익을 창출하기 위해서는 정해진 시간에 촬영이 깔끔하게 마무리되어야 한다.

좋은 감독이란 스태프들의 위치와 임무를 사전에 철저히 통제하고 배우들의 연기력을 최대한 짜내서 완벽한 그림을 만들어내는 것이다.

그러기 위해서는 본진 스태프들이 움직이기 전 콘티에 딱 맞는 장소의 사전 답사가 필수적이고, 일정 계획에 빈틈이 없어야 하며, 배우들을 완벽하게 통제하는 것이 필요했다.

정철기는 강민경이 촬영장에 나타나자 그동안 보여주었던 인자한 표정 대신 강렬한 카리스마를 뿜어냈다.

"민경 씨, 이번 촬영 신에 대해서 준비했지?"

"열심히 연습했어요."

"자, 다시 한 번 보자고. 저기 보이지, 저 잔디밭. 저 잔디밭을 건너 바다가 보이는 저곳 바위 근처까지 가는 거야. 알았어?"

"예, 감독님."

"잔디밭을 건널 때까지는 일상에서 벗어난 자유가 느껴지도록 활짝 웃어. 그리고 잔디밭이 끝나고 연인이 뛰어내렸던 곳에서는 살짝 미소만 지어야 돼. 누군가를 그리워하는 애잔함이 들도록 말이야. 이곳은 사랑을 시작하는 곳이라는 걸 알려줘야 한다는 거 잊지 마."

"알겠습니다."

"여기서 촬영 예정 시간은 두 시간뿐이야. 해가 지기 전에 세 곳을 모두 찍어야 하니까 잘해줘."

"열심히 하겠습니다."

웃음기 하나 담지 않은 정철기의 예리한 눈빛에 압도된 강민경이 계속해서 고개를 끄덕이며 고분고분 대답했다.

막상 일을 시작하자 정철기의 카리스마는 장난이 아니었다.

강도영은 촬영이 시작되는 장소를 바라보며 길게 숨을 내쉬었다.

'사랑의 절벽'이란 곳의 명소였다.

두 남녀가 이승에서 이루지 못한 사랑을 저승에서나마 이루기 위해 서로의 머리를 묶고 뛰어내렸다는 절벽이 바로 이곳이었다.

스태프들에 의해 통제된 잔디밭을 강민경이 걸어갔다.

그냥 보는 것만으로도 아름다웠던 푸른 잔디밭이 그녀가
들어서자 낙원으로 변해갔다.

활짝 웃고 있는 그녀는 한 떨기 백합을 연상시킬 정도로 아
름다워 강도영은 눈을 떼지 못했다.

그녀를 따라 세 대의 카메라가 이동하면서 연신 돌아갔
다.

배경이 들어 있는 모습, 그리고 클로즈업된 그녀의 얼굴, 전
신 촬영을 담당한 카메라들이 베테랑 감독들에 의해 영상으
로 담겨졌다.

연기는 개인의 역량에 의해 결정되는 것이지만 경력도 무시
할 수 없는 무기로 작용된다고 들었는데 강민경은 아무래도
그 두 가지를 다 가지고 있는 것 같았다.

그저 활짝 웃는 것만으로 주변이 환해졌고 언덕에 서서 미
소 짓는 모습에서는 감독의 말처럼 누군가를 그리워하는 애
잔함이 올올히 묻어나오고 있었으니 말이다.

*   *   *

촬영은 물 흐르듯이 진행되었다.

정철기 역시 화인영상의 사장 못지않게 완벽주의자였기 때
문에 수시로 컷 사인이 나왔지만 워낙 강민경의 표정 연기가

좋았기 때문에 계획된 시간을 맞출 수 있었다.

두 번째 장면인 타로호호 촬영까지 마친 스태프들이 마지막 장면을 찍기 위해 이동한 곳은 메리조 부두였다.

부산스러운 움직임.

미리 온 스태프들이 촬영을 위한 기초 작업을 해놨지만 본진이 들어오면서 부두가 북새통을 이뤘다.

메리조 부두는 석양이 질 무렵이면 굉장히 쓸쓸한 장소로 변한다.

바다를 향해 놓인 두 개의 다리는 무언가를 갈구하는 사람의 고독을 담았고, 바다에 비추는 석양은 그 속에서 희망을 엿볼 수 있었다.

이곳의 콘셉트는 그리움이었다.

혼자 여행 온 여자가 하루 동안 관광하면서 느꼈던 즐거움을 뒤로하고 멋진 바다를 향해 그리움을 나타내는 장면이었다.

스태프들이 간이용 레일을 까느라 부산하게 움직이는 동안 코디들이 달라붙어 강민경의 화장을 고쳤고 황두식이 부리나케 차에서 의상을 가져오는 것이 보였다.

"힘들지 않아요?"

"힘들어요. 너무 많이 걸어서 그런가 다리가 퉁퉁 분 것 같아요."

강민경이 코디의 화장을 받으며 자신의 다리를 강도영이 볼 수 있도록 쭉 내밀었다.

통통 부었다고 엄살을 떨었지만 그녀의 다리는 예뻤기에 강도영의 얼굴에서 웃음이 새어 나왔다.

"이제 마지막 촬영이니까 힘내세요."

"오늘 내 연기 어땠어요?"

"아주 좋았어요. 민경 씨를 보고 있으니까 여행이 막 가고 싶던걸요."

"피이… 거짓말."

강민경이 입술을 살짝 내밀며 믿지 못하겠다는 표정을 지었다.

스태프 중의 한 사람이 불쑥 다가와 강도영을 찾은 것은 그녀의 행동에 웃음이 더 진해졌을 때였다.

"도영 씨, 사람이 찾아왔는데요."

"저를요?"

"어떤 여자분이 찾아요. 굉장한 미인이던데 애인인가?"

스태프는 묘한 웃음을 지으며 자리를 벗어났다.

여자?

강도영도 강민경도 여자라는 스태프의 말에 금방 표정이 바뀌었다.

꿈에서 그를 찾아올 여자는 오직 한 사람뿐이었기 때문

이다.

*　　　　*　　　　*

예상대로 강도영을 찾아온 사람은 김소연이었다.

제복을 입었을 때와는 완벽하게 다른 모습.

그녀는 하얀 블라우스에 청바지를 입었는데 굴곡이 그대로 드러난 완벽한 몸매를 자랑하고 있었다.

더군다나 일할 때와 달리 연한 화장만 해서 청초함이 물씬 풍겨 나오는 모습이었다.

"안녕하세요. 그냥 해본 소린데 바보처럼 온 건 아닌지 모르겠네요."

"아닙니다. 그러지 않아도 기다리고 있었어요."

"정말요?"

"약속했잖아요. 오늘은 제가 촬영이 없는 날이라서 구경시켜 드릴 수 있거든요."

"아, 그렇구나… 저는 김소연이에요, 김소연. 이름이 뭐예요?"

"강도영입니다."

"이름이 참 예쁘네요."

"소연이란 이름이 더 예쁜걸요. 이쪽으로 오세요. 이제 막 촬영 시작하려고 해요."

강도영이 그녀를 이끌고 촬영장의 사이드로 빠져나갔다.

그동안은 감독 주변에 있는 화면을 보면서 어떻게 진행되는지 지켜봤지만 김소연이 온 이상 그런 짓은 더 이상 할 수가 없었다.

마지막 장면은 강민경이 다리를 걸어 끝단에 서서 노을을 바라보는 장면이었다.

"정말 예쁜 곳이네요. 그런데 쓸쓸해 보여요."

"그냥 보는 것만으로 사람의 감정을 건드리는 곳이 있죠. 여기가 바로 그런 곳 같아요."

"도영 씨도 여기서 촬영해요?"

"저는 내일 시내 쪽에서 촬영해요. 여주인공을 거기서 만나거든요."

강도영이 다리에 서 있는 강민경을 바라보며 말을 하자 김소연의 시선이 그쪽으로 향했다.

그러고는 곧 작은 탄성이 새어 나왔다.

"강민경 씨, 정말 예쁘고 연기를 잘해요. 저렇게 서 있으니까 금방이라도 울 것 같아 보이네요."

"연기는 내면의 세계를 표현하는 직업이래요. 민경 씨는 배우로서 그런 것들을 잘 표현하는 것 같아요."

김소연은 촬영하는 걸 처음 봤는지 강도영에게 이것저것 계속해서 물었다.

그러고는 강도영이 대답할 때마다 작은 미소로 고마움을 표현했는데 그 모습에 매력이 가득 담겨 있었다.

마지막 메리조 부두의 촬영은 채 1시간도 걸리지 않았다.

석양이 지면서 더 이상 촬영을 할 수 없었고 그동안 찍은 영상이 마음에 들었던지 정철기는 6시가 조금 넘자 곧바로 오케이 사인을 보냈다.

"이제 끝난 건가요?"

"그런 것 같네요."

"도영 씨, 혹시 저녁 약속 있어요?"

그녀가 강도영을 빤히 바라보며 떨리는 시선으로 물었다.

"아뇨. 없습니다."

"그러면 제가 저녁 사도 될까요? 오늘 촬영하는 장면까지 구경시켜 줬으니까 맛있는 거 사드릴게요."

망설임이 생겨났다.

이 사람의 감정은 과연 무엇일까?

점심 무렵 황두식이 지나가는 말로 저녁은 혼자 먹어야 된다는 소리를 했기에 망설임이 커졌다.

강민경은 일 때문에 촬영이 끝나자마자 관계자를 만나야 했고 자신은 오랜만에 여기 사는 친구와 술 약속을 했다며 미안하다는 말을 했다.

망설임은 들었으나 그녀의 떨리는 눈을 보는 순간 한숨이
흘렀다.

　"그래요. 오늘은 마침 일행들 모두 약속이 있어서 혼자 밥
을 먹어야 했는데 잘됐네요. 대신 맛있는 거 사주세요."

　강도영의 대답에 김소연이 활짝 웃음을 터뜨렸다.

　그녀는 혹시 거절당할까 봐 잔뜩 겁내고 있었던 게 분명했
다.

　김소연과 함께 촬영장에서 벗어나며 고개를 돌려 마지막
정리를 하고 있는 스태프들을 확인하는 순간 그녀와 눈이 마
주쳤다.

　촬영을 끝내고 코디들과 함께 있던 강민경은 이쪽을 바라
보다가 강도영과 시선이 마주치자 고개를 돌리고 있었다.

　　　　　＊　　　　　＊　　　　　＊

　김소연이 강도영을 데리고 간 곳은 비스토란 고급 음식점이
었다.

　그녀는 아무거나 먹자는 강도영에게 기억에 남는 식사를
대접하겠다며 물러서지 않았다.

　비스토는 분기에 한 번씩 있는 괌 노선 항공사 직원들이 회
식을 하는 장소라고 했는데 머물고 있는 호텔과 10분 거리에

있는 고급 리조트에 위치하고 있었다.

자연스럽게 강도영의 허락을 받아 코스 요리를 시킨 김소연은 와인까지 곁들였기 때문에 웨이터가 캐리어를 끌고 다가왔다.

붉은 빛깔의 와인이 떨어지는 소리가 청량하다.

"너무 무리를 하신 것 같아 마음이 무겁네요."

"아니에요. 도영 씨와 이렇게 식사를 같이하고 싶었어요. 우리 먼저 마셔요."

식사가 나오기 전에 그녀는 웨이터가 따라준 와인을 들어 올려 강도영의 잔에 가볍게 부딪쳤다.

알코올이 주는 용기를 얻고 싶었던 것일까.

그녀는 와인을 세 모금이나 연달아 마신 후 강도영을 빤히 쳐다봤다.

"혹시 제가 말도 안 되는 고집을 부려서 도영 씨를 곤란하게 한 건 아닌가요?"

"그렇지 않아요."

"고마워요. 그렇게 말해줘서."

김소연이 말을 마친 후 가볍게 미소를 지었다. 그러고는 다시 한 번 와인 잔에 입을 가져갔다.

신인이라 아무것도 몰랐기 때문에 촬영하는 걸 보고 싶다는 그녀의 요청을 받아들였을 것이다. 그의 눈에서, 그리고 목소리에서 어떤 의미가 담긴 허락이 아니었음을 너무나 잘 알고 있었다.

그래서 미안했다.

비스토의 음식은 맛있었다.

스테이크는 연했고 전식으로 나온 빵과 후식으로 나온 과일까지 강도영의 입맛에 딱 맞았기 때문에 접시를 말끔히 비울 수 있었다.

식사를 하면서 김소연은 자신에 대한 이야기를 했다.

자신이 살아온 환경은 물론이고 스튜어디스란 직업이 가지고 있는 즐거움과 애환 등에 대해서 말했다.

그리고 물었다.

강도영이란 사람에 대해서.

나이와 고향, 그리고 이상형에 관한 것까지 물으며 여자로서의 관심을 충분히 나타냈다.

강도영은 그녀의 이야기를 경청했고 질문에 대해서는 성실하게 대답했다.

남자로서 여자의 용기에 대한 배려였고 실수로 만들어낸 약속을 끝까지 지키려는 의지였다.

그렇게 시간이 흘렀다.

향기로운 커피까지 모두 마셨을 때 시계를 바라보는 김소연의 얼굴에서 아쉬움이 묻어났다.

이제 바닥을 보이는 커피가 비워졌을 때 그들은 자리에서 일어나야 한다.

"도영 씨, 저는 10시 비행기로 귀국을 해야 해요. 부끄러운 이야기지만 도영 씨를 보려고 원래 돌아가야 하는 아침 비행기를 타지 않았어요. 선배한테 사정해서 근무를 바꾸었던 거죠."

"힘든 결정을 하셨네요. 그렇게까지 해야 할 이유가 있었나요?"

"저는 시험해 보고 싶었어요. 일을 하면서 수많은 사람을 봤지만 제 가슴을 설레게 만든 남자는 도영 씨가 처음이었거든요. 그래서 이렇게 무리한 짓을 하게 된 거예요. 혹시라도 이 사람이 내 인연인데 용기가 없어서 놓친다면 후회하게 될까 봐 두려웠어요."

"…그랬군요."

"이제 일어나야 해요. 도영 씨, 도영 씨가 봤을 때 저는 도영 씨의 인연인가요?"

떨리는 눈에 담긴 간절한 시선이 강도영을 바라보면서 대답을 기다렸다.

이 사람 말속에 담겨 있는 아름다운 감정이 가슴을 적셔온다.

그러나 강도영은 끝내 천천히 고개를 흔들었다.

"저는 이제 막 시작하는 신인이에요. 모든 것이 부족하고 모든 것을 배워야 하는 사람이죠. 인연은 우연과 우연이 계속되었을 때 만들어지는 거라고 했어요. 미안해요, 소연 씨. 만약 당신과의 우연이 정말로 계속된다면 그때 제가 당신의 질문에 대답할 수 있을 것 같네요."

*　　　*　　　*

강민경은 촬영이 끝난 후 황두식과 함께 약속 장소로 이동했다.

그녀가 오늘 만나기로 한 사람은 이번 커피 광고주인 동영그룹의 장창익이었다.

어이없게도 그는 식사를 사겠다는 그녀의 말을 잊지 않고 기다렸다가 오늘 점심 무렵에서야 갑자기 연락을 해왔다.

내키지 않았으나 어쩔 수 없이 약속 장소를 잡았다.

다른 곳이었다면 선약이나 스케줄 핑계를 댈 수가 있겠지만 이곳에서는 핑곗거리가 마땅치 않았다.

장창익은 재벌3세답게 명품으로 항상 온몸을 도배하고 다녔다.

롤렉스 시계, 테스토니 구두, 와이셔츠는 브룩스 브라더를 입었고 정장은 이태리제 꼬르넬리아니를 즐겨 입었다.

다행스러운 것은 기럭지와 외모가 그럴 듯하고 다른 재벌3세들과 달리 행동마저 고급스럽다는 것이었다.

그는 함부로 추파를 던지지 않았다.

조심스럽게 다가왔고 조심스럽게 그녀의 마음을 훔치려 노력했다.

또 하나의 장점은 자신이 가지고 있는 것을 자랑하지 않았고 항상 여자를 먼저 배려하는 습성이 몸에 배어 있다는 것이었다.

오늘도 마찬가지였다.

그가 곾까지 날아온 이유는 그녀와의 저녁 식사를 위해서였음이 분명한데도 일이 있어 왔다는 핑계를 대며 촬영을 무사히 마쳐 좋은 일이 있었으면 좋겠다는 말만 했다.

처음에는 내키지 않았으나 장창익의 유쾌한 화술과 배려 때문에 즐겁게 식사를 마칠 수 있었다.

"계산서 주세요."

웨이터에게 계산서를 요구하자 장창익의 얼굴에서 미소가 떠올랐다.

젊은 CEO답게 그의 미소에는 항상 여유가 흘러넘쳤다.

"여기 꽤 비싼데 무리한 거 아닌가요?"

"아니에요. 사장님께서 배려해 주신 걸 생각하면 아무것도 아닌걸요."

"오늘은 내가 얻어먹었으니까 다음에는 내가 살게요."

"어머, 그러지 않으셔도 돼요."

"저는 빚지고 못 사는 사람이에요. 한번 얻어먹으면 꼭 갚아야 잠을 잘 수 있거든요. 나중에 제가 다시 연락드릴게요."

장창익은 그녀의 대답을 듣지 않고 자리에서 일어났다.

고도의 계산된 행동.

상대로 하여금 거부할 수 없도록 만들어 버리는 그의 행동은 사업을 하면서 자연스럽게 체득된 노하우였을 것이다.

어쩔 수 없이 강민경이 자리에서 일어나 장창익의 옆에서 걸어 나갔다.

강도영이 반대편 복도에서 걸어 나온 것은 출구를 향해 그녀와 장창익이 나란히 웃으며 걸어 나갈 때였다.

*　　　　*　　　　*

"그놈 잘할까요?"

"걱정돼?"

조 감독인 이창래가 걱정스러운 표정을 짓자 정철기가 피식 웃었다.

믿음이 가는 친구다.

벌써 7년이나 같이했지만 한 번도 촬영에 관한 문제를 만들지 않았고 더없이 성실해서 언제든 믿고 맡길 수 있는 베테랑이었다.

정철기의 반문에 이창래의 표정이 슬쩍 바뀌었다.

자신의 걱정과는 다르게 정철기의 표정은 평온했기 때문이다.

"오늘 일정도 빡빡합니다. 원래 찍기로 되어 있던 피카스 카페가 갑자기 안 된다는 연락을 해 와서 나나스로 바꼈습니다. 세팅하는 데 시간이 꽤 걸려서 11시나 되어야 촬영을 시작할 수 있을 것 같습니다."

"오늘도 세 군데지?"

"그렇습니다."

"이 감독 말대로 빡빡하겠군. 더군다나 모두 낮 촬영이잖아. 시간 여유가 7시간밖에 없겠어."

"이동하고 세팅하는 데 걸리는 시간을 감안하면 신당 1시간 이내에 끝내야 됩니다. 그래서 걱정이죠. 처음 촬영한다고 들었는데 그림이 안 나오면 곤란하거든요. 걔는 개런티가 없다면서요?"

"응, 맞아."

"페이스에서 얼굴 반반하다고 밀어붙인 거 아닙니까?"

"하하하……."

"왜 웃으세요. 공짜니까 회사에서 덥석 받은 거면 촬영하는 우리만 골탕 먹잖아요."

"이 감독, 걔 처음 촬영하는 거 아니야."

"처음이 아니라고요?"

"그래, 그놈이 피앙세의 뮤직 비디오에 출연한 남자 주인공이다. 봤어?"

"아뇨, 못 봤습니다."

"회사가 공짜로 쓰란다고 내가 쓸 것 같나?"

"감독님이 그럴 리가 없죠."

"여기 오기 전에 놈이 찍은 뮤직 비디오를 봤어. 재미있는 놈이더군. 걔 눈빛이 마치 카멜레온 같더란 말이지. 그러니까 크게 걱정하지 않아도 될 거야. 내 생각엔 조금만 손봐주면 괜찮은 그림이 나올 거다."

＊   ＊   ＊

강도영은 방에서 나와 스태프들이 준비해 놓은 차에 올라탔다.

차에는 이미 강민경이 앉아 있었는데 그와 시선이 부딪치자 방긋 웃었다.

"얼굴이 좋네요. 어제 데이트가 즐거웠던 모양이죠?"

"데이트 아닙니다. 제 팬이라고 해서 같이 저녁을 먹었던 거예요. 1호 팬에게 그 정도 배려는 해야 되잖아요."

"호호… 예쁜 팬 둬서 좋겠네요."

믿지 않는 얼굴이었지만 강민경은 쿨하게 웃으며 고개를 돌렸다.

그를 만나기 전까지 아무것도 묻지 않으려 했다.

자신은 강도영과 아무런 상관이 없는 사람이었으니 데이트를 하든 사랑을 나누든 신경 쓸 이유가 아무것도 없었다.

그런데도 그의 얼굴을 보자마자 자신도 모르게 불쑥 말이 튀어나왔다.

당황스러웠지만 막상 그의 대답을 듣자 웃음이 흘러나왔다.

바보같이……

단순한 팬이라면 촬영장까지 찾아올 리 만무했는데도 강도영은 엉성한 대답으로 그녀의 얼굴에 웃음을 만들어냈다.

왜 말도 안 되는 저 대답에 안심이 되는 걸까, 이상하다.

한편으로는 안심도 되었지만 자신이 고개를 돌리자 더 이상 말을 붙여오지 않는 강도영의 태도가 불안하기도 했다.

식당에서 그녀와 눈이 마주친 강도영은 의도적으로 시선을 피하면서 지나쳐 걸어갔다.

그러나 그의 시선이 멀끔하게 차려 입은 장창익을 훑어 봤다는 걸 알고 있었다.

괌이란 낯선 세계에서 탤런트가 고급 옷을 입은 젊은 남자와 식사하고 나오는 걸 봤으면서 아무런 질문조차 하지 않는다는 건 자신에 대해서 아무런 감정이 없다는 걸 단적으로 증명하는 것이었다.

그것이… 가슴을 허전하게 만들었다.

* * *

강도영이 등장하는 장면은 카페에 앉아 커피를 마시고 있는 여주인공에게 지도를 들고 다가가는 것이었다.

영상의 대부분은 강민경이 차지했고 마지막 장면에서 배낭을 멘 강도영이 여행객의 모습으로 접근해서 말을 붙이는 것이었다.

대사는 딱 한마디.

"혼자 오셨어요?"

그 대사에 담긴 감정은 처음 본 여자에게 말을 거는 설렘과 긴장, 그리고 가벼운 흥분과 기대가 복합적으로 섞여 있어야 했다.

"레디, 고."

세팅이 완료된 상태에서 정철기가 액션을 지시하자 강민경이 그림처럼 아름답게 치장된 카페를 배경으로 야외 탁자에서 커피를 마시기 시작했다.

그녀가 든 잔에는 이번에 광고하는 커피의 이름과 로고가 선명하게 찍혀 있었는데 카메라가 정면으로 잡을 수 있도록 손으로 들어 올린 모습이었다.

턱을 괴고 뭔가를 생각하는 모습.

강민경이 커피를 마시며 멀리 보이는 바다를 향해 시선을 두는 장면이 한동안 촬영된 후 정철기가 손가락을 튕겨 신호를 보내자 강도영이 천천히 걸어서 그녀에게 다가갔다.

그런 그를 향해 카메라의 앵글이 천천히 움직여 나갔다.

"걸음이 안정되어 있네요. 표정도 괜찮고요."

"그렇군."

"저놈 목소리도 좋은데요?"

"음……."

강도영이 강민경에게 다가가 말하는 장면을 정철기가 화면으로 확인하면서 가볍게 신음을 흘렸다.

이창래의 말처럼 좋았다.

하지만 뭔지 모를 조금의 어색함이 그에게 컷 사인을 내도록 만들었다.

"다시 가자. 도영 씨, 잠깐 이리 와봐!"

정철기가 제자리로 돌아가고 있는 강도영을 향해 소리를 질렀다.

그런 후 강도영이 자신의 앞으로 다가오자 고개를 갸웃거리며 슬그머니 입을 뗐다.

"표정이 왜 그래?"

"네?"

"콘셉트 이해하지 못했어? 설렘, 긴장, 기대, 그런 표정이 있어야 된다고 했잖아!"

"죄송합니다."

"내가 예민한 거야, 아니면 도영 씨한테 문제가 있는 거야?"

"제가 잘못한 겁니다."

"알았어, 가봐. 다시 찍을 테니까 이번에는 감정 좀 잘 잡아줘."

정철기가 강도영을 손짓으로 돌려보냈다.

그러자 옆에 있던 이창래가 슬그머니 나섰다.

"감독님, 왜 그러십니까. 영상은 괜찮게 나온 것 같은데요?"

"눈빛이 아냐. 이상하게 쟤 눈빛에서 우리가 원하는 것과 다른 감정이 담겨 있는 것 같단 말이지."

"다른 감정 어떤 거요?"

"그걸 모르겠어. 하여간 느낌이 그래. 더 이상 묻지 마. 이런 건 감각적인 거니까."

정철기가 더 이상 말을 하지 않겠다는 듯 이창래에게서 시선을 돌려 버렸다.

광고계에서 특급으로 명성을 날리는 그의 눈에 비친 강도영의 시선.

딱 꼬집어 말할 수 없으나 화면으로 나타난 강도영의 시선에서는 이상하게 설렘과는 다른 감정이 담겨 있는 것 같았다.

*   *   *

이게 뭘까?

감독에게 지적을 받고 돌아온 강도영은 의자에 앉아 멍하니 촬영 준비를 하고 있는 강민경을 바라보았다.

24살, 그것도 한 달만 지나면 25살이 된다.

24년의 인생을 살아오면서 3년을 제외한 나머지 삶은 고독의 연속이었다.

여자를 사귈 생각조차 하지 못했고 여자들은 아예 그를 쳐다보려 하지 않았다.

피 끓는 청춘.

사랑을 하고 싶었고 다른 사람들처럼 즐거운 시간을 보내고 싶었으나 그럴 수가 없었다.

외모가 변하면서 다가온 여자들을 볼 때마다 가슴이 설레었다.

맥주를 마실 때 먼저 말을 건넸던 여대생, 페이스의 멤버들, 그리고 김소연까지.

그녀들의 마음이 느껴질 때마다 가슴은 뛰었고 자신도 사랑할 수 있을지 모른다는 생각에 가벼운 전율도 느꼈다.

그러나 참고 또 참았다.

연기의 길로 들어간 이상 끝없이 노력해서 누구보다 멋진 배우로 성공하고 싶다는 생각이 먼저였기 때문이다.

그런 그를 보고 서현탁은 바보 같은 짓이라고 타박을 했다.

사랑을 모르는 놈은 절대 배우로 성공할 수 없다는 말을 하며 진정한 배우는 모든 감정을 느껴봐야 된다는 것이었다.

인정한다.

그리고 그렇게 하는 것이 맞다.

연기자뿐만 아니라 하나의 인간으로서 24살이 되도록 여자 한 번 사귀지 못했다는 건 올바른 가치관을 갖지 못하고 인간에 대한 판단 능력을 저하시킬 수 있기 때문이었다.

이 나이가 되도록 연애 한 번 하지 못했다는 건 정상이 아니란 걸 너무나 잘 알고 있었다.

강민경을 보면서 너무나 반가웠던 것은 첫사랑에 대한 추억과 어쩌면 그녀에게 하지 못했던 많은 말을 할 수 있을지 모른다는 희망 때문이었다.

그러나 어젯밤.

그녀가 고급 슈트를 입은 멋진 남자와 식사를 하고 나오는 모습을 보면서 가슴이 싸늘하게 식는 걸 느꼈다.

괌이란 낯선 곳까지 와서 식사를 할 정도의 남자라면 그녀와 밀접한 관계에 있다는 뜻이었다.

그를 정말 괴롭힌 것은 그 남자를 바라보며 웃던 강민경의 웃음이었다.

아무런 말도 하지 못했다.

그녀를 봤을 때 누구냐며 묻고 싶었으나 상처를 받을지도 모른다는 두려움과 또다시 찾아올 외로움이 무서웠다.

그래서 아무것도 묻지 않았다.

미움이었을까, 아니면 이름도 모르는 낯선 남자에 대한 질투 때문이었을까.

촬영을 하는 동안 그녀에게 다가가는 순간 감독이 원하는 설렘과 가벼운 흥분 대신 자신마저 정확히 알지 못하는 낯선 감정들이 생겨나고 말았다.

그리고 그 결과는 결코 원하는 것이 아니었다.

*   *   *

"환장하겠군. 그사이에 감정을 정리한 모양이네."

정철기가 여주인공 앞에 다가가서 말을 붙이는 강도영의 모습을 보면서 작게 중얼거렸다.

그걸 옆에서 들은 조 감독이 고개를 갸우뚱거렸다.

"감독님, 무슨 말씀인지 저는 도통 모르겠습니다. 뭐가 달라졌다는 거죠?"

"눈빛이 달라졌잖아. 저놈 눈빛 봐라. 마음에 드는 여자를 만났을 때의 설렘과 긴장이 고스란히 담겨 있는 거 안 보여? 조 감독은 제수씨 처음 만났을 때 어땠어?"

"저는 우리 마누라가 먼저 달려들었는데요."

"지랄하고 있다. 널 보고 제수씨가 미쳤다고 달려드니!"

"정말이라니까요."

"아이구… 알았다. 믿어줄게. 컷!"

정철기가 조 감독의 말을 들으며 고개를 설레설레 흔들다가 우렁찬 목소리로 컷을 외쳤다.

그런 후 조명 쪽을 향해 소리를 질렀다.

"야, 그쪽 조명판 각도가 안 맞잖아. 조명 니들 똑바로 안 할 거야? 그리고 마이크 1m만 내려. 오케이… 그래, 거기. 좋아, 다시 갈 테니까 이번에는 확실하게 끝내!"

그의 지시에 부산하게 움직이는 스태프들.

다시 시작되는 촬영.

하지만 촬영은 쉽게 끝나지 않고 계속 반복되었다.

정철기는 강민경의 자세에 대해서 조금씩 변화를 주었고 강도영의 걸음과 속도, 그리고 손의 움직임까지 체크하며 10여 번이나 촬영을 다시 했다.

"오케이! 모두 수고했어."

결국 12번의 반복 촬영 끝에 정철기의 입에서 오케이 사인이 떨어지자 스태프들의 발걸음이 또다시 빨라지기 시작했다.

다음 장소는 그리 멀지 않았지만 이동을 위해 장비들을 옮겨야 하기 때문이었다.

스태프들이 부산하게 움직이는 것을 확인한 정철기와 조감독이 찍어놓은 영상들을 확인하기 시작했다.

이렇게 촬영 후에 영상을 확인하는 건 그들의 오랜 습관이었다.

"어떤 게 마음에 드냐?"

"3번째, 5번째, 10번째가 가장 좋은 것 같습니다. 감독님은 어떠십니까?"

"나는 10번째가 가장 좋아. 이걸로 가야겠어."

"왜 그게 좋죠?"

"각도, 구도가 다른 것보다 선명하고 뚜렷하잖아. 그리고 무엇보다 강민경의 표정과 강도영의 눈빛이 너무 생생해. 이 영상 보니까 괜스레 내 마음도 설레는구만. 마무리만 잘하면 이 번 광고도 대박 터지겠다."

이동을 위해 준비하는 강민경과 강도영을 바라보며 정철기가 만족스러운 웃음을 지었다.

그동안 찍어놓은 그림들은 괌의 아름다운 풍경과 더불어 생동감이 철철 넘쳐흘렀는데 거기에 강민경이란 배우가 합쳐지면서 낭만과 자유가 그대로 녹아들었다.

재밌는 것은 강도영이란 존재였다.

이번 광고의 콘셉트는 강민경 단독 주연이었고 그녀의 아름다움과 괌의 풍경을 최대로 부각시키며 여행이 주는 자유로움과 커피의 부드러움을 조화시키는 것이었다.

남자의 존재는 그저 과정 속에 들어 있는 부속물이었기 때문에 컷을 차지하는 비중도 적을 수밖에 없었다.

그런데 강도영이 나오면서 낭만과 자유를 순식간에 묻어버리는 사랑이란 최고의 선물이 튀어나오기 시작했다.

처음에는 그저 잘생긴 놈이라 그림이 괜찮을 거란 생각을 했으나 막상 카메라 앵글 속으로 집어 넣자 생각이 완전히 바뀌었다.

그래서 촬영이 다시 되면서 뒤로 갈수록 강도영이 등장하는 장면을 점점 늘려갔다.

※※※

  마지막 촬영 장면은 난간에 기대어 선 강도영에게 강민경이
커피를 타서 가져다주는 장면이었다.

  바다가 내려다보이는 테라스.

  찰랑이는 파도와 백사장, 그리고 끝없이 펼쳐진 수평선이
먼저 앵글에 떠오른 후 멀리서 화면이 다가서며 강도영의 모
습을 잡는다.

  그런 강도영을 향해 강민경이 다가가 커피 잔을 내미는데
이번에 광고하는 제품의 이름과 회사 로고가 선명하게 찍혀
있는 것이 원래 계획된 마지막 장면이었다.

  그러나 정철기는 무슨 생각인지 마지막 콘티를 바꾸어 장
면을 하나 더 추가했다.

  바다를 바라보던 강도영이 커피 잔을 받아 들며 환하게 웃
는 모습이 바로 그것이었다.

  "고마워요."

  여자를 향한 사랑스러운 눈빛과 웃음.

  그리고 목소리에서 전해지는 자유로움은 그동안 찍었던 강
민경의 여유와 일상을 단박에 무너뜨렸다.

  "오케이!"

  한 방에 끝난 촬영.

감독이 오케이 사인을 내자 스태프들이 어리둥절한 표정을 지우지 못했다.

지금까지 정철기와 촬영하면서 한 번도 그냥 간 적이 없기에 카메라를 비롯해서 조명들이 원래의 자리로 이동하기 위해 몸을 들썩이다가 그 자리에 멈춰 섰다.

잘못 들었을지 모른다는 생각에 전부 지휘석을 바라보는 스태프들을 향해 정철기가 철수하라는 사인을 다시 한 번 보냈다.

그때서야 스태프들의 얼굴에서 함박웃음이 피어났다.

그들의 웃음에는 이게 웬 횡재냐는 표정이 그대로 들어 있었기에 조 감독의 표정이 황당하게 변했다.

그 역시 정철기의 행동이 이해되지 않았기 때문이다.

"감독님, 여기서 끝낸다는 말입니까?"

"응."

"왜요?"

"이것 봐라. 이 이상 좋은 그림 만들어낼 수 있겠어? 더 찍어봤자 이 이상 안 나와. 조 감독, 두고 봐라. 저놈이 만들어낸 이 웃음 하나로 커피 매상이 아마 세 배는 뛸 거다."

*　　　　　*　　　　　*

손지연은 점심을 먹은 게 체한 건지 가슴이 묵직했다.

이 모든 것이 감독 때문이었다.

콘티는 그녀의 독립된 권한이었고 최고 경영자에게까지 올라가 승인이 된 사안이었는데 감독이 제멋대로 바꿨기 때문이 화가 머리끝까지 치솟았다.

그녀는 '원탑'의 콘티 전문 에이스로 정철기가 히트를 친 대부분의 기획을 했고 회사의 사장까지 그녀를 놓치지 않기 위해 안달할 정도로 능력이 뛰어난 여자였다.

불같이 화를 내며 안 된다고 버텼다.

아무리 감독이라도 고유의 권한을 침범하면 안 된다는 것이 그녀의 생각이었다.

하지만 감독은 특유의 넉살과 은근한 협박으로 그녀를 설득시켰다.

그녀가 아무리 뛰어난 기획 능력을 가졌다 해도 '원탑'이 목숨 걸고 지키는 정철기와는 비교조차 되지 않는다.

버티고 버티다가 결국 두 손을 들고 말았으나 광고를 지켜보는 그녀의 마음은 심란할 수밖에 없었다.

처음에는 영역을 침범받은 고양이처럼 잔뜩 웅크린 채 촬영을 지켜봤다.

테라스에 서서 먼 바다를 향해 시선을 던지고 있는 강도영의 모습에 시선을 고정시키던 그녀의 눈이 서서히 가라앉기 시작한 것은 그의 모습에 담긴 열정이 고스란히 전해졌기 때문이었다.

결혼을 해서 두 명의 아이까지 있었으나 곁에 와서 강도영을 보는 순간 자연스럽게 시선이 갔다.

그녀 역시 광고판에서 잔뼈가 굵었기 때문에 셀 수 없이 잘생긴 남자들을 봤지만 강도영에게서는 사람을 편안하는 부드러움과 안아주고 싶다는 애잔함이 담겨 있었다.

드디어 마지막 엔딩 촬영이 시작되면서 손지연은 슬며시 입술을 깨물었다.

왠지 모를 불안감.

촬영을 위해 미리 자세를 잡고 있는 강도영을 보면서 어쩌면 감독의 판단이 맞을 거란 생각이 들기 시작했다.

그리고 마지막, 강도영의 햇살 같은 웃음을 보면서 버티고 버티던 의심이 마침내 무너지고 말았다.

"고마워요……."

이런, 젠장.

저런 웃음에 저런 목소리가 나왔으니 이 광고는 끝장이다.

아이 둘을 가진 그녀까지 심장이 무너질 정도로 아찔한데 다른 여자들은 어떨 것인가.

하여간 정철기, 무서운 사람이다.

만드는 광고마다 히트를 치는 데는 분명한 이유가 있다는 것을 알고 있었지만 이 정도로 감각이 무서울 정도로 뛰어난 것은 이번에 처음 알았다.

그리고 강도영, 저 미친놈은 도대체 어디서 튀어나온 걸까.

*　　　　　*　　　　　*

광고 촬영을 모두 끝낸 강도영은 저녁을 먹고 바닷가로 향했다.

이제 내일이면 비행기를 타고 동화처럼 아름다운 꿈을 떠나 집으로 돌아간다.

짧은 일정이었음에도 많은 일이 있었고 감정의 혼란스러움도 충분히 겪었기에 이곳에서의 시간이 더없이 소중하게 느껴졌다.

밤바다에 떠 있는 별빛과 추억.

해변가를 걸으며 강도영은 어둠에 잠긴 바다와 수많은 별을 바라보며 이번 촬영에서 배운 것을 되새겼다.

배역에 충실한다는 건 자신의 감정을 얼마나 철저하게 숨기고 배역에 필요한 감정을 끄집어낼 수 있느냐는 것이었다.

정철기의 질책을 받은 후 눈을 감은 채 사랑스러운 강민경의 모습만 가슴에 새기려 노력했다.

첫사랑의 기억, 다시 만났을 때의 설렘, 그녀가 자신을 바라보며 떠들었을 때의 즐거움, 그리고 언젠가 그녀가 자신을 사랑할지도 모른다는 기대감으로 그녀를 바라보며 촬영에 임했다.

감독의 오케이 사인이 나왔을 때 다시 한 번 깨달았다.

자신의 감정을 숨기는 것도 중요하지만 진정으로 배역 속으로 들어가 사랑하고 슬퍼하며 웃고 웃어야 한다는 사실을.

진실함만이 관객에게 감동을 선사하고 영상에 생명력을 불어넣을 수 있다는 것을 배웠으니 곽에서의 촬영은 소중한 자산이 될 게 분명했다.

천천히 걸었는데도 어느새 자신이 앉았던 바위가 눈으로 들어왔다.

희미한 실루엣.

처음에는 바위의 일부분이라 생각했지만 가까이 갈수록 그것이 사람이란 걸 알 수 있었다.

사람이 있다는 것을 확인한 순간 걸음을 멈추고 돌아가려 했다.

어둠 속에서 사람과 부딪친다는 건 결코 원하던 것이 아니었다.

그러나 갑작스러운 목소리에 강도영은 몸을 돌리지 못했다.

익숙한 목소리. 어둠을 뚫고 흘러나온 건 바로 강민경의 음성이었다.

"어서 와요."

『스크린의 별』3권에 계속…

초대형 24시 만화방

신간 100%, 샤워실, 흡연실, 수면실(침대석), 커플석, 세탁기 완비

■ 시흥 정왕25시점 ■

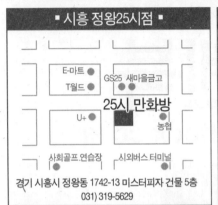

경기 시흥시 정왕동 1742-13 미스터피자 건물 5층
031) 319-5629

■ 강북 노원역점 ■

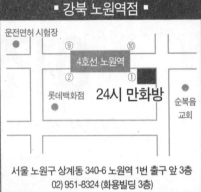

서울 노원구 상계동 340-6 노원역 1번 출구 앞 3층
02) 951-8324 (화용빌딩 3층)

■ 일산 정발산역점 ■

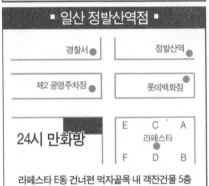

라페스타 E동 건너편 먹자골목 내 객잔건물 5층
031) 914-1957

■ 일산 화정역점 ■

경기도 고양시 덕양구 화정동 984번지 서일빌딩 7층
031) 979-4874 (서일사우나 건물 7층)

■ 부천 역곡역점 ■

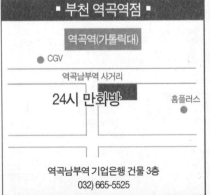

역곡남부역 기업은행 건물 3층
032) 665-5525

■ 부평역점 ■

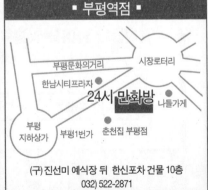

(구) 진선미 예식장 뒤 한신포차 건물 10층
032) 522-2871

이계진입 리로디드

임경배 퓨전 판타지 소설

FUSION FANTASTIC STORY

『권왕전생』 임경배의 2015년 신작!

『이계진입 리로디드』

왕의 심장이 불타 사라질 때,
현세의 운명을 초월한 존재가 이 땅에 강림하리라!

폭군으로부터 이세계를 구원한 지구인 소년 성시한.
부와 명예, 아름다운 연인…
해피엔딩으로 이야기는 끝인 줄 알았건만
그 대가는 지구로의 무참한 추방이었다.
그리고 10년 후……

"내가 돌아왔다! 이 개자식들아!"

한 번 세상을 구한 영웅의 이계 '재' 진입 이야기!

Book Publishing CHUNGEORAM

유행이 아닌 자유추구 -
WWW.chungeoram.com

GAME
BALL

게임볼 설경구 장편소설
FUSION FANTASTIC STORY

무명의 야구인이었던 남자,
우진이 펼치는 야구 감독으로서의 화려한 일대기!

『게임볼』

"이 멤버로 우승을 시키라고?"

가상 야구 게임,
게임볼을 통해 인생 역전을 꿈꾸는

한 남자의 뜨거운 행보에 주목하라!

전생부터 다시

FUSION FANTASTIC STORY

홍성은 장편소설

죽음으로 모든 걸 끝내고 싶지 않아
인간으로 환생하게 된 대마법사, 로렌 하트.

그러나 알 수 없는 괴물의 등장으로 인해 인류가 멸망해 버리고
홀로 살아남은 그는
고독과 외로움에 다시 한 번 더 환생을 결심하는데……

하지만 현생을 반복하는 것만으로는 의미가 없다.
시간을 되돌려 대마법사가 되기 전의 시절로 되돌아갈 것이다!

대마법사 로렌 하트, 전생부터 다시 시작한다!

Book Publishing CHUNGEORAM

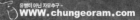

유행이 아닌 자유추구 -
WWW.chungeoram.com

탑 레시피가 보여!

FUSION FANTASTIC STORY

레오퍼드 장편소설

잔혹한 음모에 휘말려 모든 걸 잃은
칼질의 고수, 요리사 강호검.
그의 앞에 두 가지 기적이 벌어졌으니!

"내 손… 하나도 안 떨잖아……"

인생의 전성기로 되돌아온 그와
그의 앞에 나타난 기물(奇物), 요리사의 돌!

"네가 최고의 요리사가 되는 것이
이 아버지의 꿈이란다."

돌아가신 아버지와 자신의 꿈을 좇아
그가, 세계 최고의 자리로 향하기 시작한다.

Book Publishing CHUNGEORAM